U0927409

取次花丛懒回顾，
半缘修道半缘君

古调虽自爱，
今人多不弹

人面不知何处去，
桃花依旧笑春风

多情只有春庭月，
犹为离人照落花

忽见陌头杨柳色，
悔教夫婿觅封侯

日暮东风怨啼鸟，
落花犹似坠楼人

寂寞空庭春欲晚，
梨花满地不开门

我有一瓢酒，
可以慰风尘

一卷大唐的风华

白落梅 作品

CNS PUBLISHING & MEDIA 湖南文艺出版社 HUNAN LITERATURE AND ART PUBLISHING HOUSE 博集天卷 CS-BOOKY

一卷·大唐的风华

序言

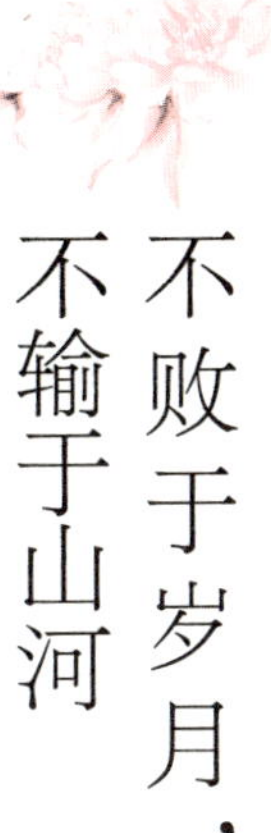

不败于岁月，不输于山河

世间最美的风景，是山水草木，是诗酒琴茶。清凉夏日，每日闲居梅庄，摘花煮茗，杯盏里，亦是满满的宋唐。

宋词之美，美在清丽淡雅，婉约多情。唐诗之美，则美在潇洒奔放，端然大气。宋词若一位含蓄典雅的佳人，幽居空谷，含兰草气息。唐诗则是一位明净旷达的雅士，隐于世外，怀翠竹风度。

在遥远的春秋时代，有一种诗歌，叫《诗经》。于是有人吟唱："蒹葭苍苍，白露为霜。所谓伊人，在水一方。"后来有了《楚辞》，便有"惟草木之零落兮，恐美人之迟暮"的美好。

再后来，才是盛唐的诗，大宋的词。多少名史古迹、人情物意、山水花鸟，皆落其间。诗词之美，自是风流不尽，妙处难言。

从古至今，千秋万载，就一册唐诗。唐诗是什么？是“只在此山中，云深不知处”的缥缈，是“千山鸟飞绝，万径人踪灭”的寂静，是“相看两不厌，只有敬亭山”的深情，是“行到水穷处，坐看云起时”的闲远，是“晚年唯好静，万事不关心”的淡泊。

普天之下，四海列国，只有一代唐人。他们或在千里莺啼的绿柳江南，看多少楼台烟雨中；或停车枫林，看霜叶红于二月花。是“旧时王谢堂前燕，飞入寻常百姓家”。是“人面不知何处去，桃花依旧笑春风”。他们有“恨不相逢未嫁时”的遗憾，有“悔教夫婿觅封侯”的愁念，有“画眉深浅入时无”的情意，也有“为他人作嫁衣裳”的落寞。

诗词可写景寄情，亦可言志抒怀。诗一如琴，抚琴者常叹知音难求，作诗者亦如是。有些诗，融情于景，简约朴素，为众生所喜。有些诗，阳春白雪，曲高和寡，不为人知。世间万物千景，一花一草，一叶一尘，皆可成为诗料。

唐人杜秋娘说：“有花堪折直须折，莫待无花空折枝。”想当年，她凭借一首诗，深受荣恩数十载。纵是后来落魄乡野，美人迟暮，亦当无悔。古来王侯将相，文人墨客，若皆如杜秋娘这般从容洒脱，便生不了那

如许的哀怨闲愁，亦不会有那么多的怅然追悔。

大唐盛世，有着旷古未闻的璀璨繁华。每一座城，每一个人，都有一段故事，都是一首诗。朝堂之上，王公子弟，出口成章；寻常乡野，市井凡人，亦知平仄。纵为盛世锦年，也有灾劫风雨，但总能巧妙走过，不轻易扰乱人世，更不能惊动河山。

他们背着诗囊，携带天南地北的尘埃，去往梦里的长安。以为天子脚下，泱泱大国，任何一个角落，都可以诗意栖息。却不知人生沧海，渺渺茫茫，到底知音难寻。

诗仙李白，于长安数载失意潦倒，方遇得与唐玄宗邂逅的机缘。纵有高才雅量，供奉翰林，亦只是博得写诗娱乐之闲职。时间久了，被玄宗疏远，搁浅在诗苑，所耗费的，不过几坛佳酿，几两春风。

诗圣杜甫，为展抱负，客居长安十年，奔走献赋，也仅仅落得一个河西尉的小官。后为避战乱，携家入蜀，得友相助，于浣花溪畔修草堂，过上几年简约朴素的田园生活。其忧国忧民之心不减，怀着“安得广厦千万间，大庇天下寒士俱欢颜”之心。奈何年老多病，飘蓬流转，最后长逝江舟。

多少人叹怨自己不能生长于盛唐，又有多少人至今依旧梦回长安。愿意背着诗袋，于长安市井漂泊，或寄身于某间客栈，或买醉于某家酒肆，

或弄墨在某个诗社，又或暂栖于某家无名的茶楼，甚至流连一间赌坊。仿佛离天子近的地方，可以存放梦想，可以诗酒做伴，功名有寄。

人生本无可选择，秦汉有其气势，魏晋有其玄妙，盛唐有其风骨，大宋有其情致。如若可以，我愿做秦汉的香草，魏晋的庭菊，盛唐的牡丹，宋时的瘦梅。却不愿走进凡人堆里，与某个帝王霸者，或诗人词客，有过擦肩。

一卷唐诗，写的是唐朝的风度，唐朝的人物，也是唐朝的故事。简洁精致的诗行，或气象万千，或磅礴大气，或沉郁苍凉，或哀婉缠绵。虽说描写的是唐人的现世，亦是每一个朝代所途经的时光。

他们的一生，与我们没有区别。看春花秋月，阴晴圆缺，经悲欢离合，生老病死。在属于他们的朝代里，追名逐利，过尽情缘。而后葬于各自的国土，将一生所经之事，所得记忆，埋没于连天荒草，漫漫黄尘。

一生何其漫长，多少时光堆砌而成。一生又何其简短，不过几句诗行。“天地者，万物之逆旅也；光阴者，百代之过客也。”是否心存万千景象，容世态人情，自可不败于岁月，不输于山河。

你曾陪我走过一剪宋朝的时光，今时再伴我看一卷大唐的风华。世间种种际遇，有因果，是缘分。悠悠千古，朝代更迭，兴亡成败，爱恨情

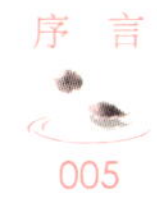

仇，都散去无痕。当年的大唐，存于历史某个明媚的角落，无愁念伤远，亦无沧桑悲凉。

“花非花，雾非雾。夜半来，天明去。来如春梦几多时？去似朝云无觅处。”历一场秦汉风烟，听一段魏晋逸事，抄一部隋朝经文，读一首唐诗，临一阕宋词，喝一壶茶，遇一知音，一生恍惚而过。

白落梅

一卷 · 大唐的风华

目录

第一卷 古调虽自爱，今人多不弹

第二卷

千里江南，多少楼台烟雨中

第三卷 明月多情，奈何好梦被人惊

晚年唯好静，万事不关心

第五卷

海上生明月，天涯共此时

第六卷

寸阴若岁，花开堪折直须折

一卷·大唐的风华

第一卷

古调虽自爱，今人多不弹

纵年华老去，与你相看两不厌

《独坐敬亭山》　李白

众鸟高飞尽，孤云独去闲。
相看两不厌，只有敬亭山。

在唐朝，最美的风景，应该是长安。长安，多么美好的一个词，古雅沉静，华丽风流。千百年来，它洗尽历史的风霜尘埃，解脱了兴亡沧桑，依旧那样朴素平宁，大美不言。多少人，为了寻梦，来到这座古老的都城，耗费一生的光阴。

他们仗剑而来，背着书袋，寄身于长安的驿站，闲谈于茶馆，买醉于酒铺。那时的长安，虽鼎盛繁华，却名利交织，钩心斗角。明净的天空，亦是风云莫测，充满了变幻，得意者青云直上，失意者潦倒终生。那些所谓的锦绣前程，帝王霸业，终随江山换代，付诸东流。

李白，盛唐时伟大的浪漫主义诗人，被后人誉为“诗仙”。他一生豪迈奔放，诗意浪漫，年少时便仗剑江湖，辞亲远游，所到之处，皆有他留下的美丽诗篇。他的诗一如他的性情，潇洒不羁，清新飘逸，语言奇特，意境绝妙，又浪漫多情，耐人寻味。

想来李白心中最向往、最不忘的风景，依旧是都城长安。当年他仗剑云游而来，满腹才识却不为所用，穷困落魄于长安酒肆，和市井之徒结交，醉倒于阑珊的古道，不为人知。之后，似漂萍一般，江湖流转，过尽沧桑，却也风流不羁。

河山草木是为知己，诗酒琴剑则为良朋。他说，蜀道之难，难以上青天，一如他渴望的那条仕途之路，迂回曲折，艰险冷峻。梦里的长安，金碧辉煌，有贤明君主，有高雅名士，有风流诗客，也有绝代美人。这一切，明明离得很近，触手可及，却又相隔千里，缥缈难捉。

行路难，归去来，待他归时，轻舟已过万重山。多年的失意潦倒，和功名的擦肩而过，让李白心灰意冷。若不是玉真公主和贺知章的称赞，唐玄宗亦不会读到李白的诗赋，更不会对其仰慕，召其进宫。眼前的天子，倜傥风流，儒雅多情，而李白的诗仙气度，半生游历的深邃学识，令唐玄宗极为赞赏。

白衣卿相转眼供奉翰林，李白的职务是给皇上写诗文娱乐，伴其风花雪月。唐玄宗每有宴请或郊游，李白皆侍从，命其即兴赋诗，风雅无限。他随唐玄宗和杨贵妃共赏牡丹，为贵妃作《清平调》。“名花倾国两相欢，长得君王带笑看。解释春风无限恨，沉香亭北倚阑干。”

每日虽陪伴君侧，吟诗作赋终是闲职，无法施展他的抱负。故李白纵酒自娱，天子呼之不早朝，杨国忠为其捧砚，高力士给其脱靴。他就是这样一个狂人、诗客，玄宗虽爱慕其才，却始终不予重用。时间久了，慢慢被玄宗疏远，被搁置在诗苑，用春风酒水供养。

若不是安史之乱让他再度经历流离漂泊，蒙受屈辱流放，他这一生恐怕就安于宿命，于天子之侧，做个饮酒赏花的诗人。虽傲骨不减，洒脱依然，纵有万丈豪情，不羁诗心，也不得自己做主。

经过长时间的辗转流离，重获自由的李白，背着行囊，带着破碎的梦，离开了长安。他顺长江急流而下，一路上发思古之幽情，赋诗抒怀，聊寄心肠。“弃我去者，昨日之日不可留，乱我心者，今日之日多烦忧。……人生在世不称意，明朝散发弄扁舟。”

李白回到了安徽宣城，这座南方小城，与他今生结下不解之缘。他曾用诗描写他眼中的宣城：“江城如画里，山晚望晴空。两水夹明镜，双桥落彩虹。”而这一生，李白多次南下宣城，移步敬亭山，在这里静看云月，闲听松风，放下名利，陶然忘忧。

敬亭山东临宛溪，南俯城阖，烟市风帆，极目如画。往日游山戏水，皆是友朋如云，聚之一处纵酒论诗，逍遥洒然。而今红尘梦醒，曲终人散，再不见往日满座高朋，唯留他白发须翁，孤独寥落。

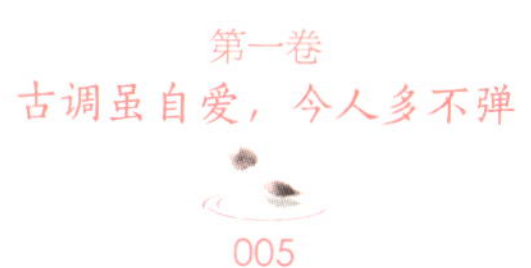

“众鸟高飞尽，孤云独去闲。相看两不厌，只有敬亭山。”以往登上敬亭山，有鸟雀相伴，白云解意，清风寄情，当下之景却有种万物背离的寂寞和凄凉。天空中几只鸟儿高飞远去，直至无踪，就连一片残余的云彩，亦不肯为之止步，飘然而去，淡然闲远。苍茫天地间，只余他一人，渺小清瘦，和敬亭山相看两不厌，默默生情。

这些年，李白山河踏遍，风景看尽，与他相亲的山水，不胜枚举。而最后相看不厌的，唯有敬亭山。他一生豪兴风发，诗友如云，爱书法，喜剑术，熟道经，落魄过，也风华过。潦倒在长安小巷，也被君主供奉翰林。当铅华洗尽，他亦只是独上扁舟，持着他的剑，以及散乱的诗囊，寻找心中最后一片闲静的风景。

过去的一切，恰如众鸟飞去不复返，又若孤云，没有眷恋。而敬亭山任凭物换星移，自是千古不变，无论你何时归来，它都静静守候于此，不离不弃。人世间得一知己足矣，李白此生，离不开他的酒，他的诗，他的剑，而此时，对他情深不改的，是这敬亭山。

他感受到世间最深重的孤独，全诗皆是景物，无一情语，却句句含情。不知是幸还是不幸，《旧唐书》说，李白饮酒过度，醉死在宣城。更有传说，李白在江上饮酒，见明月皎洁，故捞之，落水而死。传说很美，浪漫也凄凉，无论李白以哪种方式离开，都结束了其富有传奇又坎坷的一生。

相看两不厌，唯有敬亭山。只是，他离开人世之时，忘不了的，还有

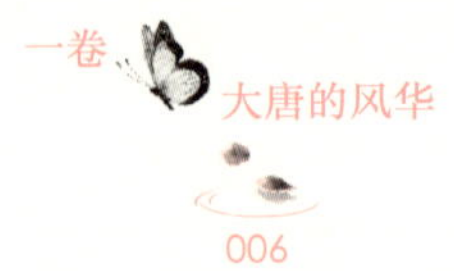

长安的那轮月，以及古道的杨柳，大唐宫殿檐角下一缕游走的风。唐玄宗病逝于深宫，杨贵妃被赐死在马嵬坡，高力士亦随玄宗，绝食而死，那些与他有过交集的故人，皆随风远去。浩荡的长安城，又还有什么值得他留恋的？一纸功名，一世荣辱，亦付与了流水轻烟，缥缈无痕。

这世间有多少相看两不厌的风景，又有多少相看两不厌的人。漫漫红尘，朝飞暮卷，那些说好了不离不弃的人，到如今，都去了哪里？等到风景看透，是否还会有那么一个人，对你说，纵算全世界辜负你，背叛你，我都会在，与你相看两不厌，陪你地老天荒。

喝过许多酒，写过许多诗，看过许多月，敬亭山还在，而那位诗仙，早已湮没在历史的风尘里，下落不明。

归隐林泉，云深不知何处

《寻隐者不遇》　贾岛

松下问童子，言师采药去。
只在此山中，云深不知处。

炉烟漫漫，袅过新折的垂丝海棠，落在未干的墨迹上，如幻亦如真。“松下问童子，言师采药去。只在此山中，云深不知处。”这应当是我最喜爱的唐诗，简洁干净，又缥缈虚无。此刻，我用小篆临摹了这首诗，千年的故事，仿佛在淡墨中，缓缓洇开。

我又何尝不是穿行在唐宋的人物，在寂寥空山，云深之处，悠然信步。翻读唐诗，只觉世间每条路，都可以通往唐朝，又或者，通往任何你想要前往的地方。人生种种际遇皆有安排，有些人隔了时空风雨，还能心灵相知；有些人同在一个屋檐下，却恍如陌路。

我喜爱魏晋的天空，自由散漫，没有拘束。那是一个风云变幻的朝

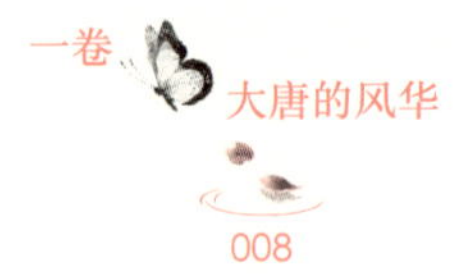

代，文人雅士厌烦战乱，便寄情山水，清谈玩世，隐于竹林，服食丹药。他们放纵不羁，琴酒作乐，无意朝政，笑傲江湖。或居深山竹屋，或修筑园林别院，远避尘嚣，每日佯狂大醉，游戏人生。

庄子云“不刻意而高，无仁义而修，无功名而治，无江海而闲，不道引而寿，无不忘也，无不有也……圣人之生也天行，其死也物化；静而与阴同德，动而与阳同波；不为福先，不为祸始……其生若浮，其死若休”“淡然独与神明居”。

其实隐士高人比入世者更为清醒明澈，他们深知浮生若梦，功名富贵皆过眼云烟，唯有山水草木，安然自居方得久长。尊重自然，回归山水，是对沧桑岁月最好的妥协。人非圣贤，又怎会没有名利之心？尘海深不可测，懂得急流勇退者，方为高士。

“吴王亡身余杭山，越王摆宴姑苏台。”当年越王勾践灭吴，范蠡不顾越王极力挽留，决意隐退，走时还告诫文种要知退求安，说：“高鸟已散，良弓将藏，狡兔已死，良犬就烹。越王为人……可共患难，不可共富贵。”文种不听，后被逼杀。而范蠡则携美人西施，隐姓埋名，泛舟五湖，远离是非。

严光不事王侯，耕钓富春山，有人说他不同俗流是为清高，殊不知他只是提前退出名利场，赏人间迤逦春光。陶潜年轻时亦走上仕途之路，误入尘网数十年，悔不当初，便回归田园，采菊东篱，悠然南山。宋时林和靖，性孤高，喜恬淡，终身不仕，隐居孤山，梅妻鹤子，亦是自在逍遥。

自古文人墨客，皆有隐士之心，虽十年寒窗，愿得功名，拜相封侯，香车宝马，但在他们失意落魄，或好梦成真时，内心都会萌生一种远避尘嚣的念想。多少人，于官场宦海浮沉，起落不定，或朝觐于天子脚下，阅览江山，或谪贬边远之地，满腹才学无处可施。他们始终期待有那么一个宁静之所，可以安放灵魂，搁置宿命。

或寻深山幽谷，或居云崖古刹，或择荒村古落，茅檐竹舍，修篱种菊。无论有无知己，皆取出几坛陈年佳酿，素菜粗茶，于山水之畔，寄兴吟唱，不记年月。山中岁月，云深雾浓，采松花酿酒，摘山桃果腹，折野花插瓶，倚竹长啸，对月抚琴。也只有此时，方能忘记世间名利，做简洁的自己。

很想知道，千年前的贾岛，去往深山寻找哪位隐者高人。童子在松下，轻摇蒲扇，烹炉煮茶，远处山峦起伏，云涛叠浪，雾霭深重，没有边际。这株云崖边的老松，怕也有千年，隐于此处，不知人世冷暖，朝代更迭。自古松竹梅为岁寒三友，此间的松，亦如这位隐者，不入世流，安贫乐道。

童子道："师父采药去了。"登山采药，闭关炼丹，似乎也是隐逸生活中不可缺少的一道风景。魏晋重养生，悟道服药，是当时的一种风尚，沿袭至后世朝代，许多帝王将相亦服食丹药，为强身健体，延年益寿。

山中隐者，素日修行打坐，品茗下棋，亦采药养生。他们一生不慕荣华，遁世清修，道行高深者，则是鹤发童颜，往来于天地云海，行踪莫测。故连身边的童子亦不知其去往哪里，只知在此地山林，却因云深缥缈，无处寻踪。

寻隐者不遇，寻者之心，顿觉落寞惆怅。对于这位遁迹云海的高人，有向往，有羡慕。其实贾岛也是一个有佛缘的诗人。他年少因家贫而落发为僧，法名无本。后云游，结识孟郊，并受教于韩愈。再后来还俗参加科举，皆是落榜不第。

贾岛一生苦吟诗，行坐寝食，不忘作诗，推敲词句。他的诗喜雕琢，多写荒凉枯寂之境，自谓“二句三年得，一吟双泪流。知音如不赏，归卧故山秋”。他这一生，半僧半俗，内心枯寂，又放不下功名。居山寺为僧，又念世俗繁华，步入红尘，又割舍不下禅心。无论是为僧，还是还俗，他皆不够从容彻底。

贾岛的心一直不忘空山禅境，可一入尘网，便无法脱身。纵算他后来及第，亦不受赏识，朝廷给他一个长江县主簿的小官，将他贬出长安，放逐于人海烟火。他此一生，唯一不离不弃，让他至死不渝的，便是他的诗作。“十年磨一剑，霜刃未曾试。今日把示君，谁有不平事？”他的笔，便是那剑，十年寒窗苦读，又怎无跃跃欲试之意，无功利之心。

若贾岛出家后，静心修行，不入凡尘堆里，不落名利网，或许能彻悟菩提，得以超脱。但他不肯枯坐诵经，而是还俗欲走仕途之路，终落得潦倒一生，禄不养身。死之日，家无一钱，只有一头病驴、一张古琴，他被葬于某座城郊的山丘上。所在之处，被云雾遮掩，落叶覆盖，蔼蔼黄尘，

寻不到踪迹。

韩愈赠诗云："孟郊死葬北邙山，从此风云得暂闲。天恐文章浑断绝，更生贾岛著人间。"人间也就出现过这样一个贾岛，知道他落过发，又还了俗；知道他曾在深山中，找寻一位隐者；知道他有隐逸之心，却不得所愿。若人生可以重来，他是否甘愿在山林某座古刹，诵经听禅，与窗外的松入定，解脱生死。

佛度有缘人，他既曾入佛门，又算不算是那有缘之人？其实，无论是悟道修佛，还是在红尘道场，又或者归隐林泉，只要内心安于平淡，遵从自然，便可放下执念，逍遥自居。

"看满目兴亡真惨凄，笑吴是何人越是谁？"他是僧者，也是俗人，是诗客，也是隐士，他生于唐朝，死于唐朝。他叫贾岛。

世有知音，高山得遇流水

《弹琴》　刘长卿

泠泠七弦上，静听松风寒。
古调虽自爱，今人多不弹。

月光皎洁，透过窗棂落在弦琴上，有一种静雅古意的美。琴弦因久未拂拭，覆盖了光阴的尘埃。唯有琴案上陶瓷瓶中的植物，不惧四季流转，任何时候都那么绿意欣然。

想起几日前，友人写的一首五言诗《问琴》，清新雅致，情意真切。“焦桐弦未动，已有别离音。何对三春景，戚戚独自吟？”她说自己是枝上的蝉，夏虫不语冰。在我心里，她是一个看似薄凉，却又深情的人。我与她相识十余载，算是缘深，但我们之间情谊始终清淡，不增不减，无惊无扰。

古有伯牙子期高山流水遇知音，一为琴者，一为樵夫，却因弦琴相遇

相知，相见恨晚。“伯牙善鼓琴，钟子期善听。伯牙鼓琴，志在高山，钟子期曰：‘善哉，峨峨兮若泰山！’志在流水，钟子期曰：‘善哉，洋洋兮若江河！’伯牙所念，钟子期必得之。子期死，伯牙谓世再无知音，乃破琴绝弦，终身不复鼓。”

抚琴人若仙，听琴者必受其诱惑，如入竹林幻境，不可自拔。世无知音，一个人冰弦冷韵，古调独弹，亦未尝不可。若遇知音，或失散，或亡故，宁可弦断琴毁，此生再不复弹起。

对琴，我算不得深谙，只是简单的喜好。往日，总喜一袭白衣胜雪，坐于窗下，拨弄琴弦。唯有窗外的几竿修竹，一树梅花，以及偶尔打窗边飘过的云，驻足听过，但也仅仅只是听过。人生寂寞如雪，不知要修炼多少世，才能寻见一个陪你煮茶抚琴、赏花看雨的人。

“尘虑萦心，懒抚七弦绿绮。”碌碌红尘，总是有太多的风雨世事侵扰，又何来多少闲静的时光去抚琴寻雅，求遇知音？今时的我，早已忽略一切凡尘琐事，掩上门扉，不与生人往来。只是，毕竟在红尘，你不扰人，人却扰你。

风日闲静，宁可在阳光下，喝茶禅坐，陶然忘机，也不愿端坐琴台，拨弄清音，调不成调。慢慢地，七弦琴成了一种简单的摆设，安放在岁月的桌案上，偶尔在风清月明时，与你相视，和古人对话。但它亦是梅庄里不可缺少的风景，它只需安静地存在，不言不语，聚散随缘，宠辱不惊。

这张琴是故人所赠，赠琴者却早已下落不明。或许，久居梅庄，它习惯了这里的书香茶韵，早已忘记旧主。而我与它朝暮相处，虽久不弹奏，余音却犹在。文人所爱，不外乎琴棋书画诗酒花，我亦如是。虽素日偏爱饮茶，玩弄古玉，对琴棋总不肯过问，但内心深处对它们的情意，不曾消减。

五言中，写琴的，我当最爱刘长卿的《弹琴》。“泠泠七弦上，静听松风寒。古调虽自爱，今人多不弹。”诗人借咏古调的冷落，不为世人所重视，而抒发其怀才不遇，少有知音的感叹。诗人孤高自赏，不同俗流，他之心性如弦琴古调，没有知音所赏。

刘长卿，年少在嵩山读书，才高聪敏，玄宗天宝年间进士。肃宗至德中官监察御史，后为长洲县尉，因事下狱，贬南巴尉。代宗大历中任转运使判官，知淮西、鄂岳转运留后，又被诬再贬睦州司马。其一生两度遭贬，内心悲戚，自是难以言说。故其借诗韵琴音，来传达内心不合时宜的冷落与悲凉。

多少文人墨客，怀高才雅量，不为贤君赏识，徜徉于长安殿外，甚至落魄在黄尘古道，一生无人问津，不被重用。泠泠琴韵，清越高绝，若水流石上，风入松下，让人觉得清幽雅致，妙不可言。只是琴音虽美，毕竟是古调，又有几人可以洗尽俗尘，以高雅之幽情，来倾听此旷世清音呢？

简洁的诗句，却格调高雅，意境深妙。刘长卿擅长五言诗，号称“五言长城”，其诗风格含蓄温和，清雅洗练，接近王维、孟浩然一派。宋张

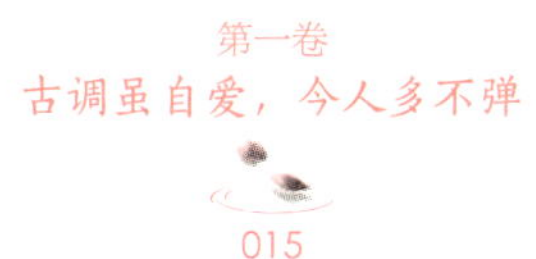

戒《岁寒堂诗话》说："随州诗韵度不能如韦苏州之高简，意味不能如王摩诘、孟浩然之胜绝，然其笔力豪赡，气格老成……'长城'之目，盖不徒然。"

他亦写山水隐逸之诗，禅意空灵，自然清新，凝练精致。"过雨看松色，随山到水源。溪花与禅意，相对亦忘言。"只是禅寂的光阴，灵秀的山水，依旧不改其名利之心。虽两度遭贬，却始终不曾远离官场，隐逸林泉，闲看落花，静听流水。

岳飞有词吟："白首为功名。旧山松竹老，阻归程。欲将心事付瑶琴。知音少，弦断有谁听？"这样一位抗金名将，戎马一生，只为收复旧日河山，等待一位赏识重用他的明主。他将一生最好的光阴，托付给了大宋王朝，却未落得果报。琴弦断，身亦死，他曲高和寡，壮志难酬，只留下一段精忠报国的故事，任由后人评说。

林黛玉在大观园和宝玉相处多年，宝玉竟不知她会抚琴。那日黛玉略觉舒适，翻看琴谱，宝玉不识谱，只认为她读起了天书。黛玉心性孤冷，素日虽喜与众人一起论诗，却从不对人抚琴，包括她视作知音的宝玉。她的琴音，唯潇湘馆的翠竹以及明月清风可闻。

黛玉甚至跟宝玉谈起来琴理，道："琴者，禁也。古人制下，原以治身，涵养性情，抑其淫荡，去其奢侈。若要抚琴，必择静室高斋，或在层楼的上头，在林石的里面，或是山巅上，或是水涯上。再遇着那天地清和的时候，风清月朗，焚香静坐，心不外想，气血和平，才能与神合灵，与

道合妙。所以古人说‘知音难遇’。若无知音，宁可独对着那清风明月、苍松怪石、野猿老鹤抚弄一番，以寄兴趣，方为不负了这琴。”

黛玉算是大观园里蕙质兰心、天下无双的佳人，她的清冷多情、孤标傲世是宝钗和妙玉所不能及的。那日，妙玉与宝玉走近潇湘馆，听得叮咚之声，便在馆外石上坐下，倾听黛玉边弹边唱。后黛玉弦断，妙玉起身便走，宝玉询问，她只道，日后自知，你也不必多说。

琴弦乃心弦，弦断则冥冥中预示着什么。人世苍茫，飞沙走石，就算琴弦不断，亦没有谁躲得过生死的轮回。万物皆有因果，聚离寻常，悲喜寻常，每一个人生命里都有一张琴，挂在光阴的墙上，等待命运眷顾，等候知音重逢。

故人相忘，独钓一江寒雪

《江雪》 柳宗元

千山鸟飞绝，万径人踪灭。
孤舟蓑笠翁，独钓寒江雪。

晨起时一壶茶，廊前有花，窗下有琴，一切旧物皆是以往所爱，如今竟觉繁复。回首前尘，似乎都是负重前行，看似淡泊世外，却不曾放下过什么。心静之时，总想把曾经典当的东西变卖了去，慢慢地，做一个清贫简净的人，空无一物，与光阴相望相安。

已是人间四月，推窗唯见柳绿桃红，那些与春天相关的故事，落于枝头，等着看风景的人去怀想。这锦绣如织的人间，我原是爱的，只是不知何时走到如今的模样。不喜一切喧闹，不喜与人往来，安静在自己的庭院，一书一茶，再无其他。

也许，当初走进凡人堆里，会有许多意想不到的快乐和惊喜。但那时不曾犹豫自己的选择，今时更不会后悔所拥有的一切，一路行来的失意落寞，孤独清冷，是命运所给予的最好安排。人生至简，岁月不争，我要的只是当初简单的自己，不携功名，没有富贵，亦无高才雅量。

幼时课本里读过一首唐诗，甚是喜爱。“千山鸟飞绝，万径人踪灭。孤舟蓑笠翁，独钓寒江雪。”那时不解隐藏在诗里的深意，更不知诗人内心深处的大寂寥与孤独。却能体会到千山暮雪，万物寂灭的苍茫景象。而那位垂钓江雪的渔翁，是寻常的村人百姓，还是辞官隐退的高人？

到底是怎样一场雪，可以覆盖河山大地，让飞鸟绝迹，人踪湮没。唯留一叶孤舟，在茫茫江天，而那位披蓑戴笠的渔翁，垂竿而钓，又能钓到什么？是一江的寒雪，还是无边无际的失落？又或许，他并非在垂钓，只是不惧严寒，于风雪中，不动声色地看着风景。

“姜尚因命守时，直钩钓渭水之鱼，不用香饵之食，离水面三尺，尚自言曰：‘负命者上钓来！’”当年姜太公用直钩不挂鱼饵钓鱼，得文王赏识，后帮助文王之子姬发，一同推翻商纣统治，建立了周朝。姜太公的钓竿，看似无意江鱼，实则带着功利，他的鱼竿，令他在白发暮年时，钓得江山。

“云山苍苍，江水泱泱。先生之风，山高水长。”此为范仲淹对严光的赞语。严光，字子陵，少有高名，与东汉光武帝刘秀同游学，亦为好友。后帮刘秀起兵，光武帝即位，乃变名姓，隐身不见。刘秀多次访他，他退居富春山，过着耕种垂钓的隐逸生活。他不顾万乘主，不屈千户侯，

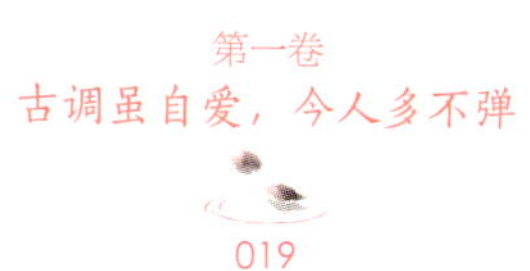

做个江畔渔夫，垂钓一江春水，一江闲风，一江诗情。

自古垂钓者，多是隐士高人，当年范蠡功成身退，太湖垂钓，钓的是一江风月闲情。陆游不去封侯，独作江边渔父，词云："镜湖元自属闲人，又何必官家赐与。"天地悠悠，江湖深远，富贵功名不过纸上云烟，哪怕纵横朝野，叱咤风云，又何来久长。仕途从无平坦之路，不如做个山野闲人，不困于浮名，不居于人下，不落于尘海。坐于孤舟之上，可尽赏壮美河山，静看日出日落。

这首《江雪》言简意深，意境幽僻，情调孤寂。像一幅画，虚实相生，动静相宜。诗人起笔则是千山万径之静谧岑寂，飞鸟绝迹，行人踪杳。如此浩瀚无边，万物不生，一尘不染的纯净天地，只有一位孤傲清冷的老翁，在茫茫江雪上垂钓。原本只是一个寻常的渔父，瞬间于寂静中超然物外，那般空灵高远，不与世同。

这位清高孤傲、垂钓江雪的渔父，又何尝不是诗人自己。他坐拥江天，赏景垂钓，远离尘嚣纷扰，甘守荒凉枯寂。柳宗元本少年得志，二十岁进士及第，便被安排到秘书省任校书，之后又任监察御史里行，与官场上层人物交游广泛。永贞革新失败，柳宗元被贬为永州司马，暂居永兴寺。

被贬永州的柳宗元，官场失意，郁闷苦恼。虽遭排挤谪贬，仍孤高自傲，不落俗流。他借着空旷洁净的江天雪景，来歌咏隐于山水之间的渔翁，寄托自己孤冷的情感。他的心情，是断绝的飞鸟，是无踪的人迹，千

山万径没有一处是他的归宿。

这首诗是在赞颂渔父，不惧冰雪的傲骨，以及甘隐山林，不入仕途的恬淡之心。然也寄寓了诗人对现世的不满，对政治的失望。《而庵说唐诗》：“余谓此诗乃子厚在贬时所作以自寓也。当此途穷日短，可以归矣，而犹依泊于此，岂为一官所系耶？一官无味如钓寒江之鱼，终亦无所得而已，余岂效此翁者哉！”

江雪如画境，渔人独立，江寒鱼伏，岂钓之可得？诗人经宦海沉浮，自知世态寒凉，人情孤冷，他是孤舟渔父，也是江雪之鱼，无所取，无所得。他本一心为官，力图革新，奈何官场无形无味，如钓寒江之鱼，终是一场空幻。茫茫江天，迷蒙空远，唯一叶孤舟，无岸无渡，无欲无求。

之后，柳宗元在永州生活十年，钻研政治历史，诗文佛学，并游历永州山水，结交名士隐者，写下著名的《永州八记》。欧阳修这样评价他：“天于生子厚，禀予独艰哉。超凌骤拔擢，过盛辄伤摧。苦其危虑心，常使鸣心哀。投以空旷地，纵横放天才。山穷与水险，上下极沿洄。故其于文章，出语多崔嵬。”

柳宗元一生好佛，曾云：“吾自幼好佛，求其道，积三十年。”他虽出入官场，却也与许多僧侣结交，并对那些亦儒亦佛的生活极力称赞。他以为“佛之道，大而多容，凡有志于物外而耻制于世者，则思入焉”。后贬去永州，寄居寺庙，在山水中寻找慰藉，静心修行，消解苦闷。

柳宗元虽好佛，寄情山水，却不是甘于淡泊之人，追名逐利之心不减，对待人生亦是积极执着。他信佛，也尊崇儒家思想，苏轼赞许他“儒释兼通，道学纯备”。只是这样一个人物，放逐于滔滔宦海，亦不能逆推波澜。又或者，成败于他并不那么重要，他只是参与了那个过程，存在于历史的一张书页中，并不张扬。

自古穷通有定，聚散有时，无论是居官场，观风云变幻，还是作江边渔父，与山水相知，皆有所寄。又或者，半官半隐，更适合文人墨客的生活方式，既可舒展抱负，又可消遣寂寞。

我亦愿作江边垂钓之翁，无孤冷之心，亦无傲骨，只是淡泊世外，不拘于物，不困于情。纵千山鸟飞绝，故人相忘，亦悠然自得，快意平生。

一叶孤舟，载得了多少客愁

《宿建德江》　孟浩然

移舟泊烟渚，日暮客愁新。
野旷天低树，江清月近人。

人生如寄，江海沉波，每个人行走在苍茫无际的尘世间，是主也是客。没有一座城市，或一个小镇，乃至一座村庄，是永远的归宿。哪怕隐居山林，坐拥山水，超脱世外，也依旧离不得俗世烟火。这凡尘，终有一事，或是一人，与你有过交集，并且割舍不下。

择一城终老，遇一人白首，这是多少人穷尽一生想要企及的风景。年少时，背一个行囊，远离故里，为的是去远方寻梦，亦为谋生。后来，风尘辗转，历尽炎凉世态，有一处稳妥的归所，内心却始终不得安定。只因漂泊久了，习惯了散淡清欢，放不下功利之心，一花一茶的安逸，有时竟让人心生恍惚。

以为自己是主人，而今，又终究想做回过客。已然记不得有过多少回，一次次孤独地登上漂流的客船，在寻找一个适合自己的归岸。希望在喜爱的土地上，长成一株树，任阳光透过叶脉洒落，像走过的细碎流年。如今，我更渴慕做一缕自由的风，无论飘至何处，去往何地，都无须为谁停留，为谁挂牵。

始终感谢那些曾经陪我同行，又离我而去的人。这些人，曾带给我欢乐，也带来过灾难，但都已经是过去。遗忘过去，意味着背叛；对过去念念不忘，又是一种惩罚。今时的我，就算在深不可测的江湖泛舟，亦可从容赏春花，观秋月。我甚至可以丢下所有的行囊，仅一壶早春的茶，足以慰风尘。

古时文人爱写送离客居的诗词，他们十年寒窗，白首为功名，一入尘海，从此漂泊不定。功名路上，无青云直上，纵有，亦是荣枯有时，不可久长。多年苦读，为赢得功名，封侯拜相，为自己，也为苍生。其间多少仓皇奔走，冷暖交织，亦唯有自己懂得。

仕途之路，风餐露宿，或客居驿站、寄宿乡野人家，或寄身孤舟，皆是不定。若遇三五知己，聚集一处，几壶佳酿，各抒凌云之志，论快意平生。仕途的坎坷，官场的浮沉，乃至战场的杀伐，以及人生的不顺意，让他们心意阑珊。既想出入官场，庇护天下苍生，又想归隐林泉，做个闲弄山水之雅士。

之后，便有了依依送别，有了折尽霸陵柳，有了轻舟已过万重山。

千里送君，终须一别，人生聚散有时，穷通有定，再相逢不知江山是否易主，而人事又是否如昨。又或许，我们都是过客，将自己寄居在纷扰的人世间，且随宿命编排在不同的朝代。江山鼎盛或没落，又岂是你我可以做主？

暮色迷离，让客居的旅人，心生惆怅孤寂。在千年前的盛唐，有个叫孟浩然的诗人，移舟在烟雾迷蒙的江边留宿。不知他从何处而来，又去往何处，只是暮色下，两岸烟水，无端地牵惹他羁旅漂泊的愁思。

孟浩然生于盛唐，那是个诗人辈出，人才涌动的时代，多少文人墨客，为求功名，背着诗袋，奔赴长安，一展抱负。盛世虽安，却并非所有高才雅量皆被君王赏识。孟浩然早年也曾入世，但仕途不顺，困顿失意，之后便不媚世俗，隐于家乡鹿门山。

四十岁，他似乎厌倦了安逸的山水，又背着诗囊去往长安、洛阳谋取功名，并在吴、越等风流之地漫游。晚年张九龄为荆州长史，招他做幕僚，之后又隐居。他一生本爱山水田园，多生隐逸之心，无奈经不起凡尘诱惑，放不下功名之心，故有了许多羁旅生涯。

孟浩然的诗歌，亦多写山水田园，闲适隐逸，诗风清淡自然，无功利，无尘嚣。虽有羁旅愁思，甚至嫉俗之作，亦属寻常之事。孟浩然的诗虽无王维的清远明净，亦不及他诗境宽阔，却有其独特的造诣，故后世将孟浩然和王维并称“王孟”。

“移舟泊烟渚，日暮客愁新。野旷天低树，江清月近人。”这首诗是诗人漫游吴越之时所作，抒发的是他旅途的愁思。江南晚秋红紫，虽有离愁，却无衰意。日暮江烟，迷离之境，让他心生过客清愁。舟泊江岸，夜幕洗去白日粉尘，本该安静休憩，缓解旅途的疲劳。奈何见众鸟归林，行人返家，独他舟泊江畔，怎能不生怅然之思？

旷野无垠，苍茫寥廓，遥远的天空，低过了近岸的枯树。中天的明月，落于澄澈的江水中，与舟中人那般相近相亲。一个寻常清冷的秋夜，细微的景物，经诗人的笔描摹，瞬间风韵天成，淡而有味。他即景会心，毫无雕饰，妙趣自得，看似笔落山水，实则寄寓内心情思。

“皇皇三十载，书剑两无成。山水寻吴越，风尘厌洛京。”回首前尘，三十余载，书剑无成，本有心奔走长安，求取功名，奈何仕途失意，理想幻灭。今流转于吴越山水，夜泊江边，更添惆怅。这清旷的山水，唯月近亲人，茫然四顾，故园恍若在遥不可及的天边。

皮日休对孟浩然曾有此评价：“先生之作遇景入咏，不拘奇抉异，令龌龊束人口者，涵涵然有干霄之兴。若公输氏当巧而不巧者也。北齐美萧悫有‘芙蓉露下落，杨柳月中疏’；先生则有‘微云淡河汉，疏雨滴梧桐’。乐府美王融有‘日霁沙屿明，风动甘泉浊’；先生则有‘气蒸云梦泽，波撼岳阳城’。谢朓之诗句精者有‘露湿寒塘草，月映清淮流’；先生则有‘荷风送香气，竹露滴清响’。此与古人争胜于毫厘也。”

孟浩然此一生的光阴多是隐居鹿门山，他本心性淡泊，爱山水田园，无奈亦未能免去那一段曲折的仕途之路。“多为山水乐，频作泛舟行。”他涉水而行，看人世风光，仕途的曲折难行，怎抵得过他闲隐岁月？寂寞的羁旅生涯，又怎及他与朋友于农舍共饮几盏浊酒？

“开轩面场圃，把酒话桑麻。”朴素静美的田园风景，闲适恬淡的农家生活，远胜过京都的繁华。多年的隐居生涯，让他安于山水之乐，甘于淡泊清远。纵算他有仕途之心，几度辗转，终是选择归隐。在鹿门山，小酌菊花酒，看日暮烟霞，静静回忆过往吴越之旅的人情物意。那时，想来已无怅憾，更无哀怨离愁。

此时的我在杭州西子湖畔，低眉写字，时而静赏一桃一柳的湖光山色。品味明前龙井，书写唐朝风流，自古文人皆随性随心，我亦在所难免。当年孟浩然舟泊江边，旅途虽生愁念，于风景中亦生旷远之思。而今我已疏离名利，此心唯寄山水，可泛舟江湖，可隐逸林泉，亦可漫游人间。

误入桃源，忘记红尘归路

《送崔九》　裴迪

归山深浅去，须尽丘壑美。
莫学武陵人，暂游桃源里。

春去夏至，岁序匆忙，难免令人心生怅惘，但又从容相待。三十过后，归隐之心越发深浓，忽略得失，不计短长，盼着落于红尘，依旧静美端然，洒逸多姿。

晨时读句：“若有才华藏于心，岁月从不败美人。”趁风清日静，梳洗打扮，着素裙，绾简约发髻，斜插一枚如意簪，俨然修行的道姑模样。归来山庄，无意精致妆容，亦不涂抹脂粉，铅华洗尽，明澈无尘。

做一个优雅诗性的女子，无论置身何处，皆掩不住散发出的淡泊气韵。无论是《诗经》里在水一方的伊人，还是《楚辞》里杜若兰芝的香草美人，又或是唐宋诗词里的秋水佳人，都不过是人生岁月里的一场戏梦，

如烟似幻，厚重又轻薄，深邃又浅显，多情更无情。

世间才有限，世间情有尽。多少人一生争名夺利，往返仕途，到最后也只是白发须翁，不受重用。女子的一生虽是不易，但自身心性端正，亦不必迎合取悦谁。无论是生于寻常小户人家，还是官宦贵族，又或是处乱世凋年，盛岁锦时，皆如此心肠，不卑不亢，不屈不挠。

曾写："空山人去远，回首落梅花。"亦是向往山野林泉，钟情翠竹梅花。今生若隐于梅庄，试水煮茶，拾枝扫花，纵不与世人往来，和一切繁华擦肩，也是甘愿无悔。或云峦深处，或僻远村落，或幽谷花径，都可掩身藏体，只要能够安置灵魂，妥放命运，我自听信安排，不生逆转之心。

隐逸之风，始于秦汉，盛于魏晋，继而流经唐宋明清，无论哪个朝代，江山或起或落，皆藏隐许多雅士高人。有人先仕而隐，有人半仕半隐，也有虚隐实官，还有以隐求仕。真正隐于深山，不为功贵所动的隐士，存世甚少。多少隐者，皆出于无奈，不被朝廷录用，才华不得施展，心意阑珊，方归去山林，放纵佯狂，逍遥自乐。

"小隐隐于野，中隐隐于市，大隐隐于朝。"若是将人世风景看透，自己劈山栽松，修篱种菊，不与人争，虽为小隐，但恬淡悠远。中隐则是隐于喧闹市井，对往来行客，庸碌凡人，可以视若无睹。安于自己的小庭深院，淡饭粗茶，陶然忘机。所谓大隐，却是居于朝堂之上，不惧尘世的污浊与倾轧，不参与钩心斗角的争斗，对一切人情世态皆大智若愚，淡然

处之。

历代隐士，人生境遇不同，归隐方式亦不同。商代的伯夷和叔齐，耻食周粟，采薇而食，饿死于首阳山。春秋的颜回，“一箪食，一瓢饮，在陋巷，人不堪其忧，回也不改其乐”。范蠡泛舟太湖，再不问吴是何人越是谁。宋代的林逋，结庐孤山，终身不仕，栽梅养鹤，只与高僧往来。更有竹林七贤，浔阳三隐，他们远避世事，闲隐山林，高情雅致，令人称羡。

自古隐者，心性清远超绝，不入俗流，不与世同。他们闲隐的背后，总是隐藏了太多不为人知的无奈与落寞。要过尽多少波涛起伏，抵制多少名利诱惑，方能有内心的旷达明净。放下一切，归隐山林田园，需要多大的勇气与魄力。尘世虽苦，然花团锦簇，千红百媚，亦耐人寻味。

多少人看淡红尘，弃官而隐，到最后，又守不住山林的清寂，经不起岁月的消磨，心生迷惘。半仕半隐或虚隐而仕者居多，他们素日隐于山林茅舍，若遇时机，便决然入仕。商周的姜尚，三国的诸葛亮，元末的刘基，皆是如此。

读唐诗，裴迪写给崔九的一首五言绝句，心有感触。“归山深浅去，须尽丘壑美。莫学武陵人，暂游桃源里。”此诗为劝勉之作，裴迪劝崔九既是选择隐居，便要坚定不改，切莫心生两意，入山复出，不甘清苦。全诗语言浅淡，诗风婉转，乃为朋友之间的真心劝慰，动之以情。看似平淡之音，实则情意深浓，心志高远。

崔九即崔兴宗，盛唐诗人，早年常与裴迪还有王维隐居唱和，寄兴山水，逍遥于南山。后出仕为官，官至右补阙，然内心深处终究不喜官场争斗，向往自在山林。对自己的出仕生出悔意，不久便辞官归隐。裴迪为之饯行送别，作诗劝勉，盼其真隐林泉，不改初衷。

看着友人背着诗囊，洒然而去的背影，诗人亦心生羡慕。想当年，他们漫步南山，每日观山游水，闻琴赋诗，茶酒自娱，不问朝政，不记年岁。但后来还是输给了政治抱负，以为在殿堂之上，可以一展抱负，虽不为荣华，却终不甘做庸碌之辈。

与他们结伴同隐的王维，山水诗造诣极高。其诗空灵清新，禅意悠悠，一生亦是半官半隐，奔走于俗世与山林之间。时而于朝野之上，论其政事；时而居山野竹馆，抚琴吟唱。其恬淡幽清之心境，高雅淡远之情操，是多少隐士所不能企及的。尽管他皈依佛门，参禅食素，也没能彻底放下凡尘一切，他似隐非隐，欲断未断。终其一生，又是那样洒脱超逸，放纵自如。

裴迪劝崔兴宗既是选择再隐，当啸傲山水，与一草一木相亲，莫学陶潜笔下的武陵人，到了桃源仙境，仓促出来。入了山林，不必问是秦是汉，只坚定地做一个没有富贵之心，没有离情愁绪的隐士，和清风明月做一世的知交。

诗人看似在劝慰友人，其实何尝不是在自我宽解反思？同为隐士，

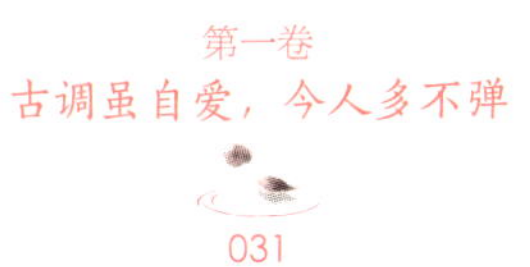

共有诗情，他又为何不选择终老南山，非要闯入那朝堂之上，为五斗米折腰？山水平远，赏日暮云飞，烟霞之气，回首千古，是非成败，功名利禄，转瞬成空。

是他醒得太早，还是悟得太迟？那一代又一代的隐士，尽随流水春风，感叹别人的命运，过着自己的人生。他们居于山林，无非是仕途失意，情感落寞，行途跌宕，不然又有多少人，不慕繁华世态，一入凡尘，便生了出世之心。

最喜宋人唐庚之诗："山静似太古，日长如小年。馀花犹可醉，好鸟不妨眠。世味门常掩，时光簟已便。梦中频得句，拈笔又忘筌。"想来那深山幽林，没有人烟，如太古之时那般寂静。风静日闲，岁月漫长悠然，不必忧惧流年偷换，也不必尝饮人情冷暖。借着好花好景，恍惚入梦，醒后吟几行诗句，抒一段心情。

若此生有幸，彻底放下尘俗万念，归去山林，定听取这唐人教诲。栽一山的梅，品一世的茶，幽居空谷，淡然遗世。"莫学武陵人，暂游桃源里。"

近乡情更怯，不敢问来人

《渡汉江》　宋之问

岭外音书断，经冬复历春。
近乡情更怯，不敢问来人。

以往总说，每个人都有两个故乡，一个是生长之地，一个则是心灵栖居之所。如今依然觉得一生有两个故乡，一个是父母所在之处，一个则为自己余生寄身之地。听过这么一句歌词——“原谅我这一生不羁放纵爱自由”，而我便是那个一生愿为灵魂自由，抛弃一切的人。

幼时居住在山水隐僻的村庄，素日里难见生人，偶有挑着担子走街串巷的贩夫，有辗转天涯的梨园戏子。那时，喜欢聚集在大人身旁，静听他们言说村庄之外的辽阔世界。堂前的燕子，亦在叽喳欢跃，仿佛最美的风景，真的在远方。

父亲虽是乡村医生，每年亦会有一两次机遇去省城，甚至更远的地方

采购药材。每次归来，洗去长途跋涉的风尘，坐于堂前，会给我们讲述外面的奇闻趣事。母亲用碗盏泡茶，虽不精致，父亲却爱极了这样的简洁。月光透过檐角洒落，只闻得犬吠之声，幽巷里偶有行人走过，继而悄无声息。

父亲说，没有兵刃纷争，没有功利蛊惑的村庄，才是人间净土。这里的繁忙也是闲静，清贫亦可慷慨，他宁可一生做个乡野村夫，行医救人，也不愿步入仕途，或成了商贩。而我喜爱坐在木楼上，看着游走的云，往返于天南地北的燕子，期待有一天可以走出村庄，寻找梦里的风景，去茶栈品一壶茶，去酒铺喝一坛酒，与某个素不相识的人结下一段缘分。

多年后，我如愿以偿走出小小村庄，来到山水灵秀的江南。再历数载飘蓬辗转，遍尝冷暖悲欢，方有了当下的安稳现世，清雅梅庄。而旧时的村庄，那片故土，成了梦中的想象，是我再也回不去的原乡。为了找寻灵魂的归依，我亦付出了深沉的代价，但人世莫失莫忘，一切都过去了，今时的悠闲洒然，自当感恩。

“近乡情更怯，不敢问来人。”这些年，往来奔波，每逢踏上归乡的旅途，内心总是惶恐不安，深有近乡情更怯之感。那时年少，初入江湖，日夜寒窗孤影，碎银难取，功名遥不可及。归时怕人询问，掩藏落魄，心有惶恐。纵算今时小有功贵，有属于自己的府邸宅院，仍是近乡情怯，不改当年。

这是浪子的心情，任何时候皆有不安，更何况我为寻常女子，虽沉静

婉约，到底寄人篱下，漂泊无主。父母安在，尚有栖息之所，哪一日父母离去，我依旧是漂萍，连故乡都没有了。如若可以，我愿将当下费尽十载取得的功名去交换从前的平淡。做个凡妇，着素布裙钗，听寻常人家屋檐上的喜鹊叫声，看门前的老树又抽新芽。

这首《渡汉江》，是当年宋之问从岭南被贬之所逃亡归来，途经汉江时所作。他亦是浪子，为赴功名，远离故土，宦海浮沉，得不到家里的书信。此番天涯路上，流亡之身，携着风尘，更是近乡情怯，遇见旧人，亦不敢询问家乡的消息。真是“明日隔山岳，世事两茫茫”。

内心明明思乡，临近故里，又彷徨怅然。遭贬岭南，落魄蛮荒之地，本就悲苦，奈何与家人音信隔绝，存亡未卜。这段与世隔绝的流亡岁月，沉闷不堪，悲痛难挨。想以往功成名就，于武皇朝政春风得意，香车宝马，佳人如云，如今却沦落尘埃，尝尽屈辱。人在失意时，最为思念的，是故园的草木，是梁间的燕子，更是堂前的至亲。

宋之问，初唐诗人，无显赫的门第家世，然才思聪敏，生得仪表堂堂。上元二年（675年），宋之问进士及第，远离家乡，踏上了仕途之路。那时，武后实握朝政，其选拔人才不拘一格，宋之问以才名，被召分直内文学馆。后武后称帝，改国号为周，而宋之问得武皇恩宠，跻身于五品学士。

武皇雅好文辞乐章，宋之问文采斐然，极力写一些粉饰太平的锦词丽句，媚附取宠。武皇的宠臣张易之、张昌宗兄弟，亦爱其雅才风致，宋之

问则放下文人清高姿态，迎合张氏兄弟。他甚至写艳诗献给武皇，期待与她风花雪月。

神龙元年（705年）正月，宰相张柬之与太子典膳郎王同皎等逼武皇退位，诛杀二张，迎立唐中宗，宋之问与杜审言等友皆遭贬谪。山河动荡，荣辱无常，令宋之问感慨万千，昨日还在宫廷里宴乐优游，受尽恩宠，今时却是冷落天涯，无人问津。

他不甘被命运放逐，故逃归洛阳，渡汉江时，写下“近乡情更怯，不敢问来人”。宋之问于政治上，算不得有所作为，无足称道，品行亦不端正，颇受讥讽。然他是初唐知名的诗客，诗情才华令人称赞。

一首简单的五言绝句，却藏隐深邃的情感。人生的变故，对故乡亲人的思念，以及内心的茫然惆怅，皆落于纸上。文辞自然平淡，寄寓深刻，言语婉转，耐人追思。这样一首唐诗，短短数字，却流转千年，与后人心意相通。

迢迢汉江，无可渡之舟，亦无可渡之人。他本殿前学士，受天子恩宠，出入侍从，至高尊荣。而今逃亡路上，凄惶哀哀，远近炊烟人家，竟无他隐身之所。他的仕途，亦随了滔滔江水，一去不复返。曾经沧海，今日桑田，天地间有成有败，自古江山兴废帝王都做不得主，更何况他一柔弱文人？

唐玄宗李隆基即位后，宋之问被赐死于徙所，结束他起伏不定的人生孤旅。他亦只是万千行人里的一个，没有显赫家世，有幸登临宫殿，自是步步为营，不可疏忽。天数世运，皆有机缘，放下爱恨贪痴，乘一叶孤舟，又将驶向哪里?

都说落叶归根，人若飘尘，本无根无蒂，心之所往处，便是归宿。谁也不知道，最后的故乡会在何处，是在安稳的当下，还是在未知的天涯。而我那所谓的故乡，今生亦不知还能往返几次。

斜阳陌上，那个背着行囊，踽踽独行的，是你，也是我。历史的痕迹，早已无影踪，每个人，最后只剩下孤单的自己。来无处来，去无处去，于这世间，都是过客。

第二卷

千里江南，多少楼台烟雨中

千里江南，多少楼台烟雨中

《江南春》　杜牧

千里莺啼绿映红，水村山郭酒旗风。
南朝四百八十寺，多少楼台烟雨中。

江南的春雨，柔情中带着愁怨，怅然间携着远思。雨日的梅庄，更是庭静门深，素日没有生人来访，雨天连鸟雀也无声息。庭院里的草木清润洁净，叶脉上亦是纤尘不染，花事烂漫鲜妍，又简静内敛，不肯轻易惊扰它们的主人。

室内茶烟漫漫，袅至庭前檐下，与窗外的烟雨风景相看，只觉岁月安定，物我清好。古往今来天下世界，都是这样的雨，没有死生成败，亦无沧桑兴亡。此时若是贤臣良相，诗人词客，也只安于一扇幽窗下，贪恋这样一盏新茶。

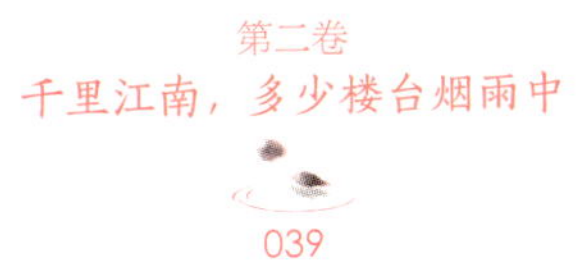

幼时对雨就生了爱意，门庭的新竹，墙院的青苔，悠长的小巷，皆因烟雨，让我爱之不尽。后来在唐诗宋词里，邂逅了几场江南的春雨，更觉妙意无言。雨日里，百姓人家可以暂且荒耕废织，邻舍乡亲聚于廊下堂前，喝茶闲聊。世上富贵荣华，清苦忧患，也只是一场下过的春雨，洒落悠闲，没有不好。

唐人杜牧有诗："千里莺啼绿映红，水村山郭酒旗风。南朝四百八十寺，多少楼台烟雨中。"我爱千里江南莺歌燕舞的迤逦姿态，也爱隐于烟雨中亭台楼阁的明丽深邃。梦里江南，风光无际，山重水复，多少村庄城郭掩映在日月山川里。而香烟不绝的古刹庙堂，在迷蒙的丝雨中，若有若无地诉说它们繁盛的从前。

千年只是刹那，每一瞬光阴，恍若旧识，却又那般不同。王朝更迭，多少故事，恰似流水轻烟，草草过去，难有安排。千年之前，江南一片深红浅翠，喜乐庄严。千年之后，江南依旧明丽静好，江山多娇。那些流经百代的诗句，也不过是前世和今生的距离。

杜牧生于晚唐时期，虽未曾目睹盛唐的繁华，一生也算平坦安顺，没有跌宕。他有显赫的家世，宰相杜佑之孙，杜从郁之子。唐文宗大和二年（828年），杜牧二十六岁中进士，授弘文馆校书郎。

杜牧才华过人，诗文显著，诗歌以七言绝句著称。其人称"小杜"，以别于杜甫"大杜"，与李商隐并称"小李杜"。杜牧写景抒情的绝句，韵律优美，意境深远，隽永绵长。

杜牧的人生，一如他的诗句，清丽含蓄，潇洒出奇。他二十三岁作《阿房宫赋》，二十五岁写下了长篇五言古诗《感怀诗》。他不仅诗情得意，仕途也是平顺，为官时借着职务清闲，宴游山水，凭吊古迹，写下许多风流华美、疏朗明净的诗章。暮年，他整修了祖上的樊川别墅，闲暇时在此以文会友，亦算是称心如意。那时的杜牧，打长安而来，看惯了帝都的繁华，仍被江南的春风春雨所惊艳。虽有香车宝马，侍从相随，却仍存江湖之气，倦客之心。人生在世，有所爱，亦有所寄，将一颗素心托于山水草木，或付于诗文辞章。

诗客眼里的万物，皆有灵性，皆是情深。江南千里莺啼的美妙风光，令其心悦，而烟雨迷蒙的亭台楼阁，亦让他想起当年南朝事佛的鼎盛。那么多帝王信奉佛教，虽存淡泊清远之风，却到底误国伤民。千古繁华，浩荡江山，如同一场幻梦，到头来，不曾修得今生善缘，亦无来世果报。

多少僧众随着古刹山寺那幽幽不绝的香火，最后皆荒废在流转的王朝里。只余下冷清的庙宇亭阁，或聚或散坐落在春风烟雨中，不问过往，不知将来。人之一生，穷通难定，吉祸未卜，江山亦如月圆月缺，兴衰成败，不该生出悲意。

有人说，这是一首讽刺诗，借古讽今，讽谏唐王朝统治者大兴土木滥修佛寺，会造成国力衰弱，民生凋敝。在我眼中，却看到诗人思旧念远，

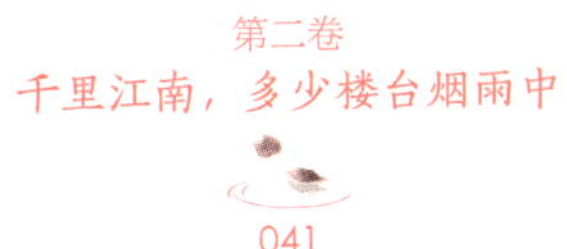

淡泊超然之情怀。杜牧虽有忧国忧民之心，委婉地劝诫统治者，不可过于沉迷佛教，另一方面却对江南风物，山寺楼台，流连忘返。

有诗云："秋山春雨闲吟处，倚遍江南寺寺楼。"杜牧在江南时，也常闲游山庙，与僧侣结交，共聚庙堂，焚香煮茗，听经坐禅。他的诗句虽无隐逸之风，亦不参禅悟道，却有一种旷远之思，明净洒然。

杜牧的《江南春》，千百年来享有盛誉，绝不是因为隐藏在诗背后的讥讽之意，而是古往今来，文人墨客对江南风光的无尽向往。其情其心，融入山水风物，深邃迷离，好似天女散花，不着痕迹。诗者有心，读者亦有意，捧读诗文，仿佛随他去了一次江南，看罢绚烂庄严的花事，又邂逅一场温柔的烟雨。

世间的美，无论是描景叙情，还是参禅避世，于诗词里都是有的。但一切相知相遇，皆需机缘，我与诗词的机缘无从说起，却心意相通。年少时喜词，婉转清丽，更能惊动人心，后又觉得词境到底窄了些，不及诗简净直白。而诗词中，亦有不喜的，一如生活，删繁就简，便好。

那时年少，多愁多思，感花伤情，见雨惆怅。而今倒是沉淀下来，只觉万物存在，皆合情合理，浮沉起落，离合悲欢，亦属寻常。再不肯为一首诗，或一阕词，神魂飞渡，情意沉陷，不可自拔。以往的忧虑、惊惧，到如今薄弱如风，让人从容以对。恍若端坐在蒲团上看经，虽参不透禅机，却知其意境。

帝都王气，盛世繁华，随着那场江南的杏花烟雨，化作暮霭炊烟。人间的喜乐和灾难，就在当下，而我们与唐宋人物一样，落在风景里。待浮花浪蕊都尽，世上的一切，好与不好，终归平静。

王谢堂前燕，飞入寻常百姓家

《乌衣巷》　刘禹锡

朱雀桥边野草花，乌衣巷口夕阳斜。
旧时王谢堂前燕，飞入寻常百姓家。

《牡丹亭》里杜丽娘说，不到园林，怎知春色如许？她游春，不过是踏出闺阁，转过曲径通幽的长廊，便可阅尽姹紫嫣红的春光。但春色无私，不论你处繁城闹市，还是居小镇乡野，人间花木皆无遮掩，只是游春赏景的人心事各有不同。

昨日小院墙角下，采得一束野花，细碎的白色，不知名，插在素净的陶瓷瓶里，简约美好。案几上摆放一茶一花，再无须任何饰物装点。人生百年，朝飞夕走，匆匆若梦，宁愿守着当下安稳的生活，静看光阴的美，也不愿踏遍山河，追问历史的痕迹，去背负岁月的沧桑。

想当年，唐人刘禹锡去了金陵古都的乌衣巷，写下了“旧时王谢堂前燕，飞入寻常百姓家”的千古名句。他之前，乃至唐之后，宋元明清，许多人都去了乌衣巷，在野花残照的一片废墟里，找寻当年王谢豪门世族的鼎盛繁华。他们是去凭吊，去怀古，去感叹人生沧桑多变，世事飘忽无常。

乌衣巷只是一条寻常的江南小巷，幽静窄小，古朴悠长。只因这条古巷曾居住过王、谢两个显赫的家族。王导辅佐创立了有百年历史的东晋王朝，而谢安则指挥淝水之战，以少胜多，打败苻秦百万大军。那时的乌衣巷，成了贵族士大夫的聚集地，有着空前绝后的旷古繁华。

王谢府邸，高门深院，香车宝马，白日里画檐如云，夜里灯花若雨。从前燕子飞来，总在王谢贵族的宅院里筑巢，与他们共赏春风秋月。如今燕子挪窝，飞入了寻常百姓人家，看着似曾相识的风景，又是否会心生悲凉？旧时的亭台楼阁，门窗檐楣荡然无存，而王谢世族的风流人物，如今安在？

飞红落尽，洗去铅华，六朝的金粉，秦淮的艳色，亦随着那滔滔流逝的秦淮河水，不可逆转。乌衣长巷，朱雀桥边，早已衰草横生，过往的富丽庄严，成了残照里的风景，不复从前。唯有燕子年年如旧，执意往返，无论是侯门大户，还是百姓低檐，它皆为平凡的过客，寄身庭前，荣辱不惊，聚散无心。

不知道那些划桨而来的游人商旅，于秦淮河里还能打捞到什么。一部破旧的残卷？还是某个秦淮歌伎遗落的金钗？那些打马而过的文人墨客，于乌衣长巷又能找寻到什么？是王谢家族泼洒的诗风墨迹，还是晋时留存的断垣残瓦？往昔的繁华，已是灰飞烟灭，只有老树野草，斜阳昏鸦，还在这里追忆当年的主人。

从此，乌衣巷不再是一条寻常的江南小巷，这里的一砖一石，一草一尘，都有故事。它见证了金陵的兴亡，看尽古今变幻，它和这里往来的燕子，都被历代文人写进了历史，背负着沉重的使命，刻下抹之不去的印痕。它承载了数百年无与伦比的繁华，亦不忘岁月流转而落下的悲壮苍凉。

灯火尽，笙歌冷，六朝的金粉与风流，仿佛只能存留在千年的梦里。这是一座金碧辉煌的都城，也是一座多灾多难的城。这座城有过王谢贵族的高府华第，也经历过连绵不息的硝烟战火。这座城有过流光溢彩，雍容华贵，也有过颓废荒败，满目疮痍。

它可以是皇城，也可以是废墟，历史其实只是一个影子，我们所看到的，并非当年真实的模样。自古江山更改，盛极而衰，新旧交替，亦只是寻常。人世荣华，如花开花落，无论经历多少兴亡变故，百姓人家依然。

经受过隋唐烽火的金陵古都，并没有消沉下去。后来朱元璋来了，他收复残破山河，重修城墙宫殿。再后来建文帝在这里下落不明，而明成祖朱棣风云再起，在北京修筑紫禁城，再不过问金陵往事。

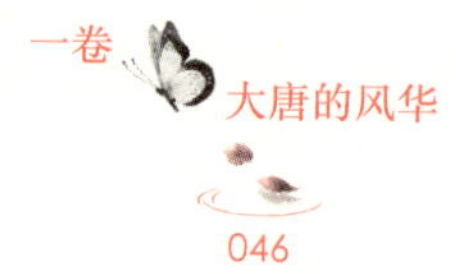

偌大的金陵城，好似一盘散落的残局，无人收拾。但这座落败的城池，仿佛在一夜之间又恢复了昔日的容颜。秦淮河岸，人流如织，多少达官显贵、文人墨客，纷至沓来。楼台水榭、秦淮画舫，烟火不绝。当年朱雀桥边的野草，乌衣巷口的斜阳，已然淡入记忆，只余下风流名士、名媛歌伎，推杯问盏，纸醉金迷。

当年杜牧写下："商女不知亡国恨，隔江犹唱后庭花。"他不知，若干年后，这座金粉之都是一些有气节的烟花女子成了主角。秦淮八艳虽是风尘女子，沦落青楼，但她们的气节风骨不输男儿。尽管她们都曾惊艳于秦淮河畔，然纵有万种风情，也都化作漫漫尘烟，一缕香魂，无处可寄。

后来，荒废了千年的乌衣巷被重建，衰败的王谢家族的府邸也在修复，只是隔了风雨时空，还能重回当年的模样吗？旧时王谢堂前的燕子，也经历了数代生死兴替，又如何能够记起过往的繁盛。其实，无论修不修筑，乌衣巷都在那里，王谢风流依旧，只是不见觥筹交错，不闻丝竹笙歌。

多少人携着天南地北的尘土，纷纷而来，不为秦淮歌伎的艳情雅意，也不为六朝古都的王者之气，只为在乌衣巷口徘徊。而徘徊不去的，不仅是秦淮的过客，还有梁间的燕子，以及刘禹锡这首吟唱了千年的诗章。

"王谢堂前双燕子，乌衣巷口曾相识。"你看江山无恙，百姓人家也安稳，当下的一切，都是好的。你若不争，万物纷纭亦将不扰；你若有碍，便会生出千丝万缕的烦恼。纵是处乱世，亦可寻桃源之境，安家落户，桑竹鸡犬，男耕女织，日子井然有序，端正简净。

抚晋时风，看唐朝雨，品宋代茶，赏明清花。我亦不过寄居在光阴的檐下，掩门静坐，唯见花影日色。虽处红尘，却如世外，千古悠悠，无历史，无兴亡，无往来，也无悲喜。

草木无情，怎管六朝沧桑变迁

《台城》　韦庄

江雨霏霏江草齐，六朝如梦鸟空啼。
无情最是台城柳，依旧烟笼十里堤。

春雨不绝，整座庭园的花木以及屋檐廊道、小桥石径，都湿漉漉的。从午后到黄昏，再从黄昏至夜晚，焚了几炷香，喝了几壶茶，好时光就这样消磨了。以往总不觉光阴珍贵，独自楼台听雨，直至天明亦不肯休。或思绪万千，又或什么也不想，只静坐，也不是修禅。细雨如丝，清冷中带着柔情，迷蒙中又带着感伤。

老旧的院墙上斜挂着一枝海棠，红紫娇媚，如梦如幻，我与它年年春日相见，却又恍若新欢。也如同这烟雨霏霏的江南，梦里早已见过千百

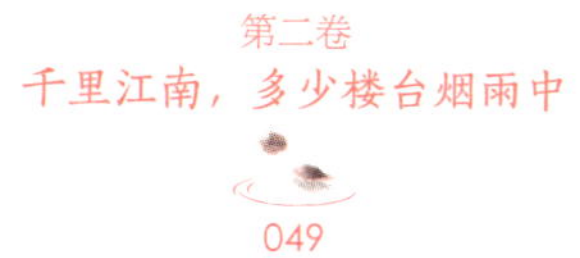

回，可任何时候，都如初见。以往的我，喜欢怀古追今，去往名胜古迹，看山河万顷，亭台楼榭，感叹历史兴亡沧桑。后来，掩上门，只活在当下，一壶茶便可以解脱一切聚散悲喜。

“江雨霏霏江草齐，六朝如梦鸟空啼。无情最是台城柳，依旧烟笼十里堤。”夜读韦庄的《台城》，又随他一同去了金陵，在寒春三月，携着绵密如丝的细雨，于烟笼雾罩中始终看不清这座六朝古都的容颜。这座城早已失去了古都的王气和风韵，多少追欢逐乐的王者，亦早已成了历史上来去匆匆的过客。

曾经繁华壮丽的台城，被一场温柔的春雨，淹没了它的霸气，连同六朝旧事，也成了一场金陵春梦，说醒就醒。多少诗人词客来台城凭吊，六朝如梦，万物皆空。无情的是台城的柳，不管人事兴衰，不问朝代更迭，更不在意过客落下的怅然与感伤。它依旧在烟雾迷蒙的十里长堤，纤姿摇曳，曼妙动人。

这座城本就是花柳繁华地，温柔富贵乡。纵算山河颠覆，草木衰败，任何时候都弥漫着无法驱散的脂粉气。当年王谢堂前的燕子，飞入百姓人家，秦楼歌伎，亦成了民间凡妇。但我们始终无法忘记，这座多灾多难的金粉之城曾经有过的风雅和骨气。一树杨柳，一枝桃花，都有其不可言说的悲悯和故事。

韦庄说细柳无情，不解沧桑；杜牧说商女无心，不知兴亡。当年陈后主长期沉迷于酒乐生活，视国政为儿戏，最终丢了江山。陈朝虽亡，靡靡

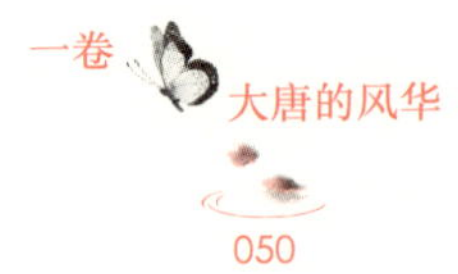

之音却流传下来，故让杜牧生出讥讽之心。他们不知道，草木有情，而许多秦淮歌女，比男儿更有气节。

端平北使王楫有诗：“到处江山是战场，淮民依旧说耕桑。梅花不识兴亡恨，犹向东风笑夕阳。”仿佛来过金陵的文人墨客，乃至英雄霸者，看着历史都城的沧桑变更，江山换主，总要怪怨草木无情。却不知，自古山河帝业，皆与天命运数相关，而草木不过是无辜的看客。草木有幸生长在古都，看尽了一代江山鼎盛繁华，又不幸参与了杀伐战乱，历经浩荡硝烟。

当年阮大铖强娶李香君，而她则决心等待侯方域，誓死不从，头撞石柱，血溅桃花扇。原来美人不只是会流泪，美人亦会有流血的气节。那时的侯方域为求自保，不知逃亡去了何处，又怎敢为这女子重返金陵，承担他们的爱情。那枝如血的桃花，那柄带血的折扇，难道不解兴亡？

南宋诗人谢枋得说：“台城乃梁武帝饿死之地。国亡主灭，陵谷变迁，人物换世，唯草木无情，只如前日。”只是，诗人笔下的无情之柳，还是梁朝所种的吗？纵算是，那漫天纷飞的烟雨，又来自哪个朝代，看过了多少悲欢故事？

诗人在烟雾萦绕的台城，流露出浓郁的感伤情绪。他看似在凭吊南朝史迹，实则在忧心岌岌可危的唐王朝。千古人事命运相同，多少璀璨华年，繁盛王朝，终有一日会走向覆亡。

但一切结束，意味着新的开始，历史也是一出戏，锣鼓喧天地开幕，灯火阑珊地散场。我们连草木都不及，它们至少可以年深日久，伴随成败。而我们只有百年光阴，于草木而言，不过是几度开谢，几场轮回。

韦庄是诗人，也是词客。他出身京兆韦氏东眷逍遥公房，为文昌右相韦待价七世孙、苏州刺史韦应物四世孙。至韦庄时，家族已衰败没落。他一生的经历分为前后两期，前期经战乱流亡，奔走各地，风餐露宿。又几番长安应试落榜，乾宁元年（894年），年近六十的韦庄终于得中进士，被朝廷任命为“草诏”的校书郎，开始了他的仕途生涯。

天祐四年（907年）四月，唐王朝覆灭，哀帝被迫让出皇位给朱全忠，建国号梁。诗人不仅经历王朝的改换，亦从以往的工诗，转向填词。韦庄的诗以伤时感旧、怀古追今为主，情调凄婉苍凉，耐人深思。韦庄的词则更多冶游之乐，离情别绪，词风清丽，朴实直白。他与温庭筠齐名，同为“花间派”，并称“温韦”。

最喜韦庄一首《菩萨蛮》：“人人尽说江南好，游人只合江南老。春水碧于天，画船听雨眠。垆边人似月，皓腕凝霜雪。未老莫还乡，还乡须断肠。”戏游江南，画船听雨，如此良辰美景，不禁思念起那面如皎月，肌肤胜雪的佳人。江南虽好，但他不过是一位远避战乱的过客，功名未得，终是落魄。

韦庄的闺情词亦是清绝美艳，词音若人语，风流婉转。王国维在《人间词话》中评价他说：“端己词情深语秀，虽规模不及后主、正中，要在飞卿之上。观昔人颜、谢优劣论可知矣。”

有时在想，那些经历过朝代更替的历史人物，是幸还是不幸。虽经乱世风云，流亡徙转，却又是王朝的见证者。无论是哪个朝代，居盛世或乱世，皆是一样的人间岁月，稳妥中有流离，而漂泊中也有安定。平民百姓，良将贤臣，又有何区别。

韦庄此一生，徜徉于诗风，又徘徊在词雨，他也只是历史中一个渺小的人物，记得的人又有多少。“不知魂已断，空有梦相随。除却天边月，没人知。”秦淮画舫还在，桨声灯影依稀，仿佛看到一位苍老的诗客，还有一个寂寞的伶人，不知和谁在解说弹唱着六朝兴亡。

窗外的烟雨，若心头的哀伤，萦绕不去。其实这一切不过是诗人的感叹，南朝旧迹，晚唐风云，又与我有何相干。且把惆怅还给古人，把故事还给岁月，把山水还给天地。趁韶华，莫辜负。

人面何处，桃花依旧笑春风

《题都城南庄》　崔护

去年今日此门中，人面桃花相映红。
人面不知何处去，桃花依旧笑春风。

春日里除了赏花煮茶，似乎别无他事。我本闲人，纵是天塌地陷，河山倾倒，于我都不过是打檐角飘过的风，没有惊扰。谁曾说：“人生无大事，唯生死系之。”那些以为过不去的灾劫，最后皆会雨过晴天，一丝痕迹都没有。花开花谢，岁序安然，历史的沧桑，人事的更替，皆消散在行走的光阴里。

春风无主，桃李不言，世人眼中不经意的风景，成了我的文情诗料。草木多灵亦多情，胜过世间虚盟空誓，我宁可将时光虚度在一盏茶中，也不愿去经历一段尘缘。那些与桃花相关的情事，似乎都是别人的，而我则是那，闻风听雨的看花人，与他们，不曾有过擦肩。

听说，她有一个平凡又美丽的名字，叫绛娘。又听说，她居住在城南郊外一户茅舍柴门里，山林深处，乡野人家。她的竹屋茅檐，掩映在一片桃花林中，隔绝世外，庭静人悄。竹篱小院，简洁雅致，为隐者之所，谁也不知，绛娘和她的老父从何处而来，又在此地栖居了多久。

岁月流转，绛娘与她的老父于远僻的城南隐姓埋名，修花弄草，不理世事。多少因缘际遇，就那般匆匆而过，她无意等候谁，亦不期待有谁会闯入她的人生，撩动她的情思。时间久了，她成了茅檐下的一株桃树，守着晨昏日落，无端辜负年华。

他叫崔护，是唐德宗贞元年间博陵县的一位书生。出身书香门第，才情俊逸，孤傲清高，素日里不喜与人相交，寒窗苦读，只为夺取功名，抒平生之志。他只是一个平凡的书生，和所有男儿一样，在大唐盛世有着宏伟的心愿。他的世界墨海书香，无丝毫闲隐之风，亦无淡泊之意。

清明时节，没有纷纷细雨，亦无断肠之人。窗外万紫千红，蜂飞蝶舞，无限春光，耐人寻味。都说书中自有黄金屋，书中自有颜如玉，整日沉浸于诗书的崔护，却也经不起浩荡春光的风姿，抵不过桃红柳绿的邀约。搁下书卷，寻芳而去，再不忍像往年一样，与春光来不及相处就辞别。

陌上行人缓缓，生怕每一次仓促，会错过这锦绣如织的春色。崔护陷入这场繁华的盛宴，暂忘浮名，抛开俗念。古道悠悠，走过长亭短亭，竟不觉离城已远。山脚偶遇几户乡野茅舍，隐于绿荫深处，不见篱笆

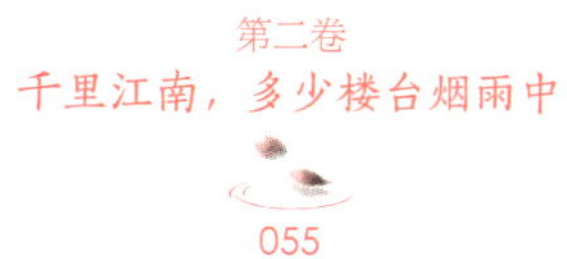

柴门。

不经意地转身，误闯一片桃花林中，只见桃花灼灼，开得难舍难收。而掩映在桃花林里的，则是一间简约的茅屋，寂静门庭，绿藤攀附，似乎从未有生人打扰。茅屋虽简陋，却洁净素雅，不落尘埃，当为隐士高人小筑，而非寻常农家居所。

有诗为凭："素艳明寒雪，清香任晓风。可怜浑似我，零落此山中。"这位茅舍的主人，好似在借梅花暗喻此心。当他推开虚掩的柴门，却见一少女，着素雅裙衫，手执茶盘，迎面而来。那女子不施粉黛，眉目清秀，恰如春风中绽放的桃花，灼灼风华，宛若惊鸿。

短暂的相遇，让他从此再也忘不了这盏茶的情意，忘不了桃花丛中的曼妙少女。而久居山林的她，从不知世上繁华，更不曾邂逅过像崔护这样俊朗洒逸的书生。他本无心惊扰她的梦境，而她却已将相思深种，为之情浓。

他只想做一个赏花游春的过客，虽遇佳人，却不肯因此而荒了学业，误了前程。偶然休憩，亦会想起那朵灵秀的桃花，想起她楚楚动人的模样。但回首十年寒窗，孤影耕耘，又怎可为了儿女私情，而废弃功贵。她则是为之魂牵梦萦，茶饭不思，每日倚着柴门，将芳菲看尽。

她每日洒扫庭除，将柴门小院装点得更加齐整雅致。案几上瓶花不绝，炉火上永远温着一壶热茶，只为等候那位梦了千百回的书生。她以

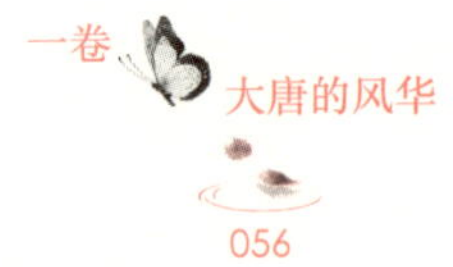

为，他会在某个风轻云淡的日子，像初遇之时那般悄然而至。她以为，在桃花落尽之前，会有一场美丽的重逢。

冬去春来，光阴流去无声，又是一年桃红柳绿，而绛娘容颜依旧，只是风姿瘦减。困于书斋一年之久的崔护，看着窗外姹紫嫣红、莺飞草长的春色，想起旧年城南那位人面桃花的绛娘。他再不想刻意掩饰内心的情肠，丢下书卷，匆匆打马而去，隐没在杨柳依依的古道。

一路寻芳而去，他竟无心赏悦两岸的水色山光，只盼见着梦里的红颜，细诉相思。城南郊外，桃花依旧，而隐在桃林之中的茅舍，却是柴门深锁。院静人空，唯留桃花于春风中嫣然含笑，看似知人心意，实则煞是无情。

日落西斜，依旧不见绛娘的身影，崔护心有怅然，寥落不已。本欲转身策马离去，终有不舍，故留下诗句，聊寄心怀。他忆起旧年桃花树下那位不期而遇的佳人，天然姿色，美目盼兮，而今却是人面杳然，唯留几树桃花，与风共舞。

“去年今日此门中，人面桃花相映红。人面不知何处去，桃花依旧笑春风。”所有的美好，都留存在记忆里，她于他，恰如那朵桃花，绰约婉转，又静美无言。他期待着，她轻妆淡抹，于厨下煮上一壶新茶，在桃花林中，与他前缘再续。然春风还在，桃花还在，茅舍还在，只是不见故人。

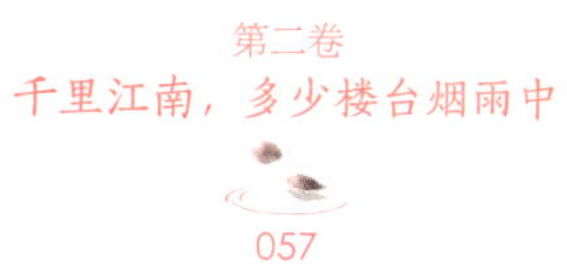

人世间有多少偶然的缘分被自己遇见，又被不经意地错过。他以为，他钦慕的女子，会像桃花一样，倚着柴门，年年如约而至，却不知水复山重，聚散难定。他为了功名，误了佳人之约，如今有心想要寻求时，却不复得。

而那位出门寻春或访客的绛娘，归来见到崔护留下诗句，内心又该生出怎样的缺失与遗憾！她会一如既往地守着柴门，煮茶将之等候，还是嫁与一位平凡的山野村夫，安静地过完这一生，抑或是从此相思成疾，郁郁寡欢，和院里的桃花双双终老？

有人说，寻芳不遇，怅然而回的崔护，再无心灯下苦读。几日后，他重返故地，终与绛娘相遇，再不忍离别。后择吉日，娶绛娘为妻，自此如花美眷，似水流年，妙不可言。崔护有佳人做伴，静心于诗书，才思得以精进。唐德宗贞元十二年（796年），崔护赶省试，获进士及第。唐文宗大和三年（829年），拜为京兆尹，同年转为御史大夫、岭南节度使。

也有人说，那一次错过，从此萧郎是路人。此后他进士及第，外放为官，青云直上，亦不缺红袖添香的佳人。而她依旧隐于小户柴门，守着几株桃树，以及那段错失的缘分，煮了一辈子的茶，赏了一辈子的花，也候了一辈子的人。

此时春事烂漫，不可遮掩，我坐于小窗下，简净安然。说的是唐诗里的故事，自己的故事，却如雨后新竹，不染红尘。丝柳如烟，燕语清好，唯留两句，人面不知何处去，桃花依旧笑春风。

桃花流水，送来者也送归客

《桃花溪》　张旭

隐隐飞桥隔野烟，石矶西畔问渔船。
桃花尽日随流水，洞在清溪何处边。

桃花溪畔，山色桥影，人世风景不因物转，不以情移。千万年来一如既往，春秋更迭，或繁盛，或衰败，或华丽，或冷清。我爱烂漫花事，开满了庭园，于时光深处，不留间隙。又爱极了简净，愿割舍一切纷繁，所处之地，不染尘埃。

人生百年，茅屋一间，清茶一盏，知心一个，当是足矣。其余的，若浮花浪蕊，皆可忽略，皆可抹去。天下万物，虽样样都好，但任何时候都不喜相争。此一生或富或贫，或仕或隐，一半是追寻，一半为运气。得之，我幸；不得，我命。

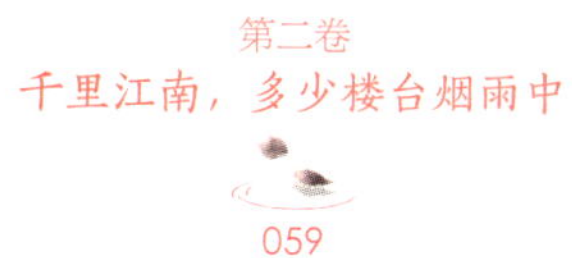

多少年了，方修炼成今日的模样，但终究不够从容。遇事仍会急乱，重逢依旧心动，来与去，得与失，尚有执念，难以取舍。我心虽敞阳宽阔，没有遮蔽躲闪，但风过之处，还是会泛起微微波澜。

也曾在一盏茶中忘记年岁，不知秦汉。于午后的一场戏梦中，独上兰舟，随着那武陵的渔人，隔溪流转，误入桃源。山深谷幽，烟雾萦绕，恍惚迷离，犹如仙境。这是一个质朴的世界，寻常的村落，居住寻常的百姓人家，男耕女织，安定祥和。

这里与外界不同的地方，是一切美好简单，纯净无扰。桃花源里，民风淳朴，没有杀伐战乱，没有赋税剥削，没有沽名钓誉，没有钩心斗角。人与人之间相处融洽，平和以待，真挚朴实。虽为茅舍柴门，但家家户户修篱种花，闲情风雅。邻舍往来，各自亦是真心款待，把酒话桑麻。

每个人心中，都有一片桃花源，哪怕享受了人间富贵荣华，仍不忘勤俭持家。人生唯简单方可静美，朴素得以久长，清淡方有滋味。晋人陶潜，年轻时亦有大济苍生之志，一入仕途，才知官场黑暗。他本性清廉，不愿攀附权贵，不肯委曲求全，遂辞去了彭泽县令，自此归隐田园，躬耕僻野。

他写："结庐在人境，而无车马喧。问君何能尔，心远地自偏。"他采菊东篱下，终不忘国家政事，岁月山河。他说误落尘网三十年，归去农家，栽松种菊，和燕子低语，与云霞做伴。他亦觅清泉煮茗，去深山访僧，参禅悟道，以解内心烦忧。

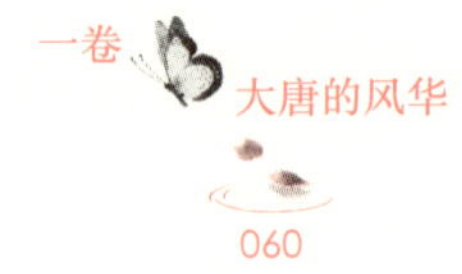

他不喜污浊纷乱的现世，于是用其笔墨勾画了一片洁净的桃花源。这个世界与外界隔离，安宁平和，自由美好。他们也曾为避秦朝战乱而来，后来在此建了茅檐竹舍，安家落户，便断绝了世情往来。若非武陵渔人无端闯入，他们根本不知更朝改代，经了汉朝风雨，又有了魏晋故事。

这首《桃花溪》为唐代书法家、诗人张旭所作。他借陶渊明《桃花源记》之意境，抒写了他梦里向往的桃源，追寻那个空灵虚拟的美好世界。此诗构思婉转，画意深浓，情趣悠远，耐人品味。甚至有人说，简洁的四句诗，足以抵却一篇《桃花源记》。

“隐隐飞桥隔野烟，石矶西畔问渔船。”深山野林，云雾弥漫，似有跨溪的长桥，隐于云烟之间，若隐若现。清溪之上，漂浮着片片桃花，有渔舟轻泛，微波粼粼。看这如黛青山，满溪桃红，不禁令人眩目，思绪万千。这撑着舟子的渔人，莫非是当年那位误闯桃花源的武陵渔人？

“桃花尽日随流水，洞在清溪何处边。”自古桃花流水，是最美的意象，又是最悲壮的离别。花落离枝，随水漂流，不知归处，没有归期。都说落花有意，流水无情，却不知水流匆匆，它送行客，又迎归人，奔走不息，没有怨悔。

水流之处，何处是尽头，是否可以透过潋滟的光影，找寻到当年那个通往桃源的洞口？那个幽深神秘的山洞到底在哪里？渔人不知，他又怎会知？当年武陵渔人离开桃花源，划舟原路而归，行途中做好标记。后拜见太守，告知所见所闻，复寻之，终迷失方向，再不见那条通往桃源仙境

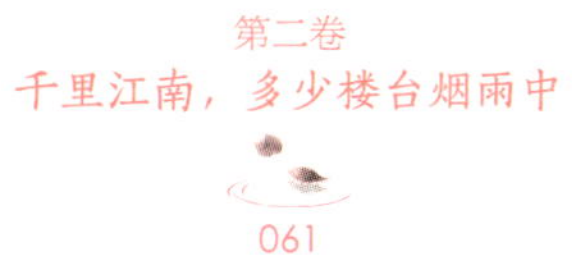

之路。

这世上或许处处皆有桃源，在红尘喧嚣之处，于山野林泉之所，或溪流隐蔽之境。只要你心中有梦，理想不灭，终能觅到。又或许这片与世无争的桃源，藏隐在每个人心底的某个角落。只有当你拂去人世尘埃，放下万般牵念，舍弃一切浮名，方可与之相遇相亲。

人世间的一切，但凭机缘，机缘到了，你无意寻找，所要的皆会如愿而至。当年武陵渔人，不过是日出打鱼，图个温饱，何尝想过会遇此机缘，与秦时人物有一次美好的相逢？但一切所见，也只是南柯一梦，梦醒后，他岁岁年年，泛舟于江溪之上，再不见当年的桃花源。

时间久了，便成了渔樵闲话，成了百姓人家茶余饭后叙说的故事。真正的桃源是何种模样，无人可知。你心有多宽，桃源便有多大；心有多静，桃源便有多安逸。此后，桃花源成了隐者心之所念的人间仙境，仿佛一入桃源，可断红尘万般执念，消千灾百劫。

本诗的作者张旭，其实是一位洒脱不羁、豁达大度之人。他才华横溢，学识渊博，他的草书笔走龙蛇，挥洒自如。这样一个人物，如何会执着于寻找去往桃花源的那个山洞？他写下此诗，亦不过是为了表达他对美好生活、洁净空间的向往。

张旭以草书闻名，与李白诗歌、裴旻剑舞，称为三绝。他的字一如他的诗，别具风格，洒脱狂逸，以七绝为长。他生性好酒，每醉后索笔挥洒，泼墨成狂，时称“张颠”。后怀素继承了其笔法，以草书得名，并称“颠张醉素”。

张旭是一位纯粹的艺术家，他蘸墨潇洒，落笔如飞，如痴如醉，如癫如狂。他将情感寄寓笔下，或喜怒，或忧悲，或轻狂，或散淡。乃至天地万物，草木山石，飞禽走兽，或形或韵，亦可寄付水墨间。

桃花流水，自有一种远意，那轻漾的水波，总能惊动人心。远处泛舟而来的渔人，来自哪个朝代，他曾去过何处，又有何际遇？其实，他不过是一位平凡的渔夫，披蓑戴笠，风雨兼程，不知天道世运，无关去留荣辱。

所经之处，亦是此般人间岁月，或秦汉魏晋，或唐宋明清，一样的万物，一样的桃源。心远地自偏，你神思所往之处，当是花静人闲，物物清好。

一缕香尘，落花犹似坠楼人

《金谷园》　杜牧

繁华事散逐香尘，流水无情草自春。
日暮东风怨啼鸟，落花犹似坠楼人。

仿佛每一帘风景，都会生出一种心情；每一处旧迹，都曾有过一段故事。人生自有归宿，无论你行经在漫漫古道，还是乘于扁舟上，有一天都会有停留之所，再不漂泊。只是隐于闾巷小院的寻常百姓，他们一生平淡，多少悲喜不为人知。而落于高墙大户的达官显贵，一生名利相随，故留下许多故事，让后人追忆。

我本清淡之人，愿一生侍花弄草，煮茶听雨，居山野茅檐，默默无闻。然终被放逐于俗世，困于名利之场，进退两难。如果没有文字，这世间就不会有白落梅，而我此生永远都是那个寄居江南的过客。没有谁知道梅庄，更不会有人试图追问我的故事，打听我的人生，以及一些恍如落花

的萍迹。

如果没有石崇，历史上也永远不会有梁绿珠。没有石崇，在洛阳西北之处亦不会有金谷园，更不会有这许多美丽凄婉的传说。石崇是谁？他乃西晋富豪，“金谷二十四友”之一。他亦是文学家、官员，他一生所爱是那挥之不尽的万贯家财，还有美艳非凡的三千佳丽，他却为一人而抛却了一切。绿珠死，金谷园自此荒废，昔日的奢华富贵，不消几个日夜，便消踪灭迹。

绿珠，梁绿珠，广西博白县双凤镇绿罗村人，生于偏僻的双角山下，那里万木苍翠，碧水青山，恍若桃源，年年岁岁不见往来的旅人。他应该是绿罗村最尊贵的路人，一次美丽的邂逅，改变了绿珠的命运，也改变了石崇的一生。他是从天而降的贵人，花费了十斛珍珠，便将她带离了绿罗村，自此看尽人世繁华。

十斛珍珠到底是多少？有多少斤两？价值几何？可以置多少田地？盖几间房舍？买多少粮食？换多少布匹？绿珠实在不知道，她也无须知道。她后来住进了金谷园，却又为挣取珍珠，而打发寂寥的光阴。她不爱荣华富贵，曾经爱过石崇的俊朗风流，时间久了，也让她心生厌倦。

她所爱的便是那支竹笛，这是她从绿罗村带来的唯一物品。为了讨石崇开心，她每天必须练舞唱歌，因为金谷园有上千姬妾，个个花容月貌，着锦缎，戴美玉，她也只不过是他花十斛珍珠买来的一个侍妾。

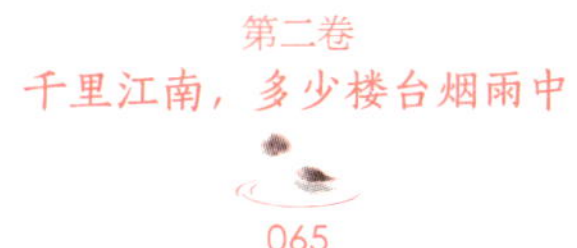

金谷园乃当年石崇为和晋武帝的舅父王恺争富而修筑的别墅。王恺用糖水洗锅，石崇便用蜡烛当柴烧；王恺做了四十里的紫丝屏障，石崇便做五十里的锦缎屏障；王恺用赤石脂涂墙壁，石崇便用花椒。他们虽都富可敌国，但如此攀比，穷奢极欲，实非君子所为。

石崇因山形水势，筑园建馆，园内楼榭亭阁，清溪萦回，鸟鸣幽村，鱼跃荷塘。整座金谷园，宛若金碧辉煌的宫殿，琉璃瓦，黄金窗，碧玉栏，象牙塔，仿佛藏尽了天下奇珍异宝。明代诗人张美谷诗曰："金谷当年景，山青碧水长，楼台悬万状，珠翠列千行。"

金谷园内，每隔几日就要设盛宴招待客人。石崇有令，凡陪客的美人，皆要劝酒，倘若客人拒饮，便让侍卫将美人杀掉。石崇撒沉香屑于象牙床，让所宠爱的姬妾踏在上面，未留下脚印的则赐珍珠一百粒，而留下印记的则每日节食，以至于金谷园的姬妾皆体态轻盈，弱柳扶风。

王嘉《拾遗记》谓："（石崇）又屑沉水之香，如尘末，布象床上，使所爱者践之。无迹者赐以真珠百琲。"只是石崇不知，金谷园巧夺天工的繁华胜景，他的奢侈生活，以及几千位容貌超绝的佳丽，有一天会如同这些香尘，随风飘逝，散去无痕。

就连石崇最爱的侍妾绿珠，也只是一缕香尘，带着她的芳颜、歌舞，以及恍若天籁的笛音，一起香消玉殒。侍妾上千，石崇独宠绿珠，不需缘由，他见之便神魂颠倒。为宠绿珠，他在金谷园筑百丈高的崇绮楼，可"极目南天"，以慰其思乡之愁。而崇绮楼也是极尽奢华，珠宝美玉，玛

瑙琥珀，犀角象牙，令人叹为观止。

绿珠是红颜，也是祸水。据《晋书·石崇传》记载：“（石）崇有妓曰绿珠，美而艳，善吹笛。孙秀使人求之……崇勃然曰：‘绿珠吾所爱，不可得也。’……崇正宴于楼上，介士到门。崇谓绿珠曰：‘我今为尔得罪。’绿珠泣曰：‘当效死于官前。’因自投于楼下而死。”

倘若孙秀不出现，绿珠也许一生都在金谷园，过她歌舞升平的安逸生活。孙秀，依附于赵王司马伦的孙秀，据说是个善谄媚、玩弄权术的人。但不管历史给过他怎样的评价，就是这个男人，他要绿珠。石崇是个极爱面子的人，他怎会将自己至爱的女人奉送他人。他受不起这样的羞辱，也断不能割爱。

石崇的拒绝，令孙秀起了杀心，他劝赵王伦诛石崇。金谷园被重兵包围，石崇自知大势已去，对绿珠叹息道：“我今为尔得罪。”绿珠哭泣道：“当效死于官前。”她纵身一跃，从楼阁坠落，犹如落花，殷红的血染透了她轻薄的绿纱衣。绿珠为报恩而死，亦是殉情，她死得壮美，让人痛心惋惜。

自此金谷园成了传说，它庄严华丽，也神秘缥缈。多少人为绿珠作诗填词，或歌颂，或追思，最爱的仍是杜牧的《金谷园》。“繁华事散逐香尘，流水无情草自春。日暮东风怨啼鸟，落花犹似坠楼人。”

杜牧的绝句，意境清远，韵味隽永，于辽阔的唐朝诗海，亦算是一道

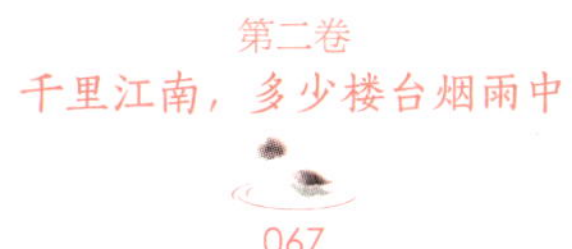

顾盼悠悠的风景。贺裳《载酒园诗话·又编》云：“杜紫微诗，惟绝句最多风调，味永趣长，有明月孤映、高霞独举之象，余诗则不能尔。”

那时的杜牧，也只是金谷园的一个过客，望着旧迹斑驳的遗址，想起往昔有过的繁华景致。流水无情，它怎管人世沧桑变迁，依旧潺湲不息。春草亦无心，对生死荣辱，平静漠然。

日暮春风，时闻鸟鸣，见这一代名园，于残阳下那般荒凉。鸟鸣亦似在悲切哀泣，如痴如怨，与诗人同心，沉浸在别人的故事里，无法自拔。纷纷落花，恰如坠楼之人，随风飘逝，凄美绝伦。

石崇当真是为了绿珠而力拒孙秀吗？倘若他不是富可敌国，她并非倾城绝色，他们都是凡庸之人，命运则会另有安排。绿珠是否真是石崇所爱？她的死有无价值？已不重要。她不过是他用十斛珍珠买去的侍妾，也许至死的那一刻，她都不知道十斛珍珠到底价值几何。

人生百年，光阴往来如梭，最不能更改，无法逆转的，是沧桑兴废。倘若没有绿珠，石崇所修筑的金谷园，有一天亦会像王谢家族一样衰败，在尘世的某个角落里，销声匿迹。可叹，日暮东风怨啼鸟，落花犹似坠楼人。

琵琶声声，葡萄美酒夜光杯

《凉州词》　王翰

葡萄美酒夜光杯，欲饮琵琶马上催。
醉卧沙场君莫笑，古来征战几人回？

松花酿酒，春水煎茶，是古人之闲情雅致，为今人所慕所思。我亦学古人，素日里煎茶酿酒，晴耕雨读，打发寂寥，寄托心怀。晨起摘茉莉，盛满一青花瓷碗，或烹茶，或酿酒，暗香盈袖，雅趣怡人。文人的茶，文人的酒，有诗者心，词者意，无名利世味，却淡泊清远。

青梅煮酒论英雄，是一种旷达，亦是情意。旧园的青梅花落尽，结了青涩的果实，粒粒饱满，摘来浸酒，妙不可言。这坛酒储存于光阴深处，经世事浸染，历岁月沧桑，便成了醇厚的佳酿。寂寥时，于斜阳庭院自斟自饮，心事沉婉，却不生悲哀。或邀得三五知己，聚集陋室，推杯换盏，醉于月下，豪情不减。

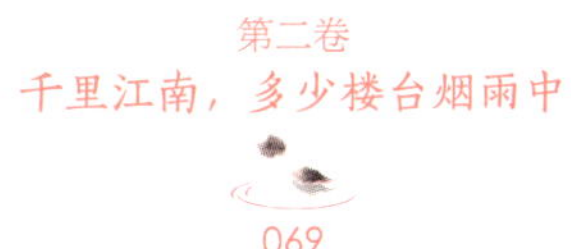

几束时花，清洁的桌椅，几碟简单的果菜，明净的色调，意静人幽，浅酌细品，回味过往不可说起的尘缘。抑或去那花丛柳阵间寻个木椅，静赏繁花，酌一壶幽意，独会古人诗境。及待浅醉，再不知是何年岁，是甚时节，又寄身于何处。

易醉人者，于诗于酒；世之悲极，于离于别。自古至今，多少文人墨客，情寄樽酒，笔飞豪转，洒然成篇，延续千年文化，万古情境。又有多少村农商贾，借酒消愁，把酒言欢，守着淡然的岁序，一醉生平。然诸人所求不同，身份各异，于酒一事，堪为知己。

酒之逸事颇多，白衣送酒，终老东篱，是一种洒脱；五花马，千金裘，呼儿将出换美酒，与尔同销万古愁，是一种豪迈；竹林深下，醉生梦死，是一种放诞；花间独饮，醉邀明月，是一种超然。试想，古之诗者词客，于月朗风清之夜，借酒凭杯，起万千灵思，写就千古佳句，怎等畅快！抑或漫倚栏杆，醉颜酡红，折下柳梢之别情，执手相看，又是何等伤感！

昔读《红楼梦》，贾宝玉梦游太虚幻境，警幻仙子让他饮茶品酒，颇有深意。警幻道："此茶出在放春山遣香洞，又以仙花灵叶上所带宿露而烹，此茶名曰千红一窟。""此酒乃以百花之蕤、万木之汁，加以麟髓之醅、凤乳之曲酿成，因名为万艳同杯。"宝玉品后称赏不迭。

茶有百味，酒韵千回。美酒佳肴，在红墙绿瓦之高院；素菜清茶，于茅檐俭朴人家。无论是名贵之酒，还是乡野之酿，皆有其深味，品者自知。旷达清醒者，千杯不醉；心事糊涂者，一盏即倒。

《笑傲江湖》里，作者借祖千秋之口，细述酒具之用。虽知饮茶之时，多有雅事，不想于饮酒一事，亦能品出趣味。葡萄酒在当时乃西域之物，用夜光杯来饮，更得妙处。

东方朔《海内十洲记》中的《凤麟洲》记载："周穆王时，西胡献昆吾割玉刀及夜光常满杯。刀长一尺，杯受三升。刀切玉如切泥，杯是白玉之精，光明夜照。"

这或为夜光杯之由来。所言乃是周穆王时，西域献来的，而此杯乃白玉之精，即使到了夜半，犹然辉光满杯。于此杯中，盛满葡萄美酒，醉上千日又何妨？然而，于此间，美酒芳杯，又或是别愁离恨，断肠苦酿。王翰作为当时的边塞诗人，颇有才学，性格豪放，倜傥不羁。登进士后，每日以饮酒为事。其诗多吟咏沙场少年，玲珑女子欢歌饮宴，感叹人生苦短，及时行乐之情怀。杜甫曾写句"李邕求识面，王翰愿卜邻"赞叹王翰，可见一斑。

王翰的诗，多是壮丽豪放之句，风华流转，余音绕梁。然最负盛名，寄寓深远的，则是这首《凉州词》。该诗看似旷达豪迈，尽情快意，实则流露的是战士厌战的情绪，亦有视死如归的勇气，苍凉又慷慨，飞扬亦悲壮。

"葡萄美酒夜光杯，欲饮琵琶马上催。"琵琶乃是伤情之物，它作为

一种乐器，在古典文学中，湿了乐天的青衫，悲了离人的白鬓。及待回首云空，送归雁影，深会昭君怨意，再拂弦时，拨碎了边关衰草中的枯骨，隐着无数欲归不归的亡魂。

此时的琵琶声声，来自马背上的弹者，“催”字于此，实是“急促”之意。而边关的乐器，于诗词中，除了羌笛，便是琵琶，不论其何曲调，却是可遣兴之物。美酒，夜光杯，琵琶声语，为军营最美的装饰。

美酒佳肴，丰盛夜宴，将士们久居边寒之地，多年的征戎生涯，让他们期待一醉方休。短暂的欢聚，不知何时战事又将开始。或一时半刻，或次日晨起，甚至酒至一半，便要出生入死，于刀光剑影中，奋力杀敌。这般心情，看似爽朗洒脱，又蕴藏怎样的悲感！

如果“留恋处，兰舟催发，执手相看泪眼”只是别离的伤感，那么“醉卧沙场君莫笑，古来征战几人回”则是生死的慨叹。面对生命的起伏不定，我们是该忘却生死，豁达豪放，还是该静守婉约，牵挂无边？是该“今朝有酒今朝醉”，还是“风物长宜放眼量”？

战乱杀伐，烽火硝烟，将士们早该将生死置之度外。“凭君莫话封侯事，一将功成万骨枯。”壮美河山，稳固城池，是多少枯骨堆砌而成。多少人仗剑而去，戎马一生，最后连尸骨都不知葬于何处，唯有月圆之时，魂魄偶然飘去故里，探看久别的至亲。

生死为大，又是生命的必然过程。任是将相王侯，才子佳人，都躲不过岁月催赶。然而，于此边塞之地，朝不知夕，春不知夏，能将生命看淡，付之一醉，是逃避，亦为顺从。边关的月，染白了将军的铁衣，催黄了摇曳的城草，却照不到天明，照不到远方的家园，以及坐于月影下，苦候经年的妻。

都言字如其人，文如其心。李白若缺一份傲骨，不复成诗仙；杜甫若多一些私欲，再非诗圣。正乃李太白，梦游天姥，醉邀明月，诗骨傲然；杜工部心系天下，欲成广厦，大气老成。而王翰的豪气旷达，从他的《凉州词》中便能体会。

“剩知白日不可思，一死一生何足算。”亦可见其狂放不羁、及时行乐之心态。这样一位盛唐人物，该有盛唐的大气与风骨，亦有着盛唐的诗心与豪情。

平淡之中，生出浮躁之心，是愚者；平淡之境，以平淡之心守之，是智者。于简约中怀锦绣，是才客；于繁华中见真淳，是高士。人生在世，不落于尘网，不拘于功名，不执于情爱，一樽清酒，一弯新月，或闲寄闾巷，或小舟江湖，便好。

第三卷

明月多情，奈何好梦被人惊

明月多情，奈何好梦被人惊

《寄人》　张泌

别梦依依到谢家，小廊回合曲阑斜。
多情只有春庭月，犹为离人照落花。

这个春日，我只静坐梅庄，写字喝茶，却不曾忽略窗外景致细微的变化。看一场又一场的花事，像过往一桩又一桩的情缘，开谢了春光，也消磨了年华。一度游园，临水畔品一盏佳茗，海棠簇拥，翠竹掩映，习惯了独处的时光，总怕好梦被人惊，亦怕惊人梦。

亭廊水榭，最是江南风景宜人处，可赏小庭花开花谢，也望天边云卷云舒，时闻潺潺细流，时观皎皎明月。茶说，这一生都不要离开这座园林了。茶还小，不解人事，她不知此处园林乃官家所有，我们不过是游园的过客，连一粒尘埃都带不走。但她小小人儿，竟有观山游水，惜花怜草的情怀，于我是一种欣慰。

古时大户人家，皆修筑园林，砌山叠石，挖池引溪，栽花植树。《红楼梦》里有一座大观园，红楼女儿所居之处，皆以她们的性情布局，或翠竹梅花，或芭蕉蔓草。她们在属于自己的庭院，吟诗作画，抚琴对弈，煮茗赏花，吃酒听戏，过着诗意人生，尽享浪漫华年。然这一切，皆是作者的幻象，是他红尘未了的一场梦。他道：“满纸荒唐言，一把辛酸泪。都云作者痴，谁解其中味？”

明代戏曲家汤显祖，晚年远离仕途，淡泊守贫。居临川故里，潜心于戏曲和诗词，写下著名的《临川四梦》。每一出戏，皆因梦起，他们在梦里安享荣华富贵，经历爱恨情怨，有过悲欢离合。梦中的景，梦中的人，梦中的情，恍若现实的一切，令人心动不已。梦里度过漫长的一生，醒来方知不过刹那光景。

汤显祖在《牡丹亭》题词中曾说：“情不知所起，一往而深。生者可以死，死者可以生。生而不可与死，死而不可复生，非情之至也。”万般皆是梦，万般皆是情，倘若挣脱了情爱，也就放下了我执。此生无论是遨游梦里，还是置身尘世，皆可自在安然，不必为情所缚，为爱所牵。

每个人都有放不下的情缘，有梦中所寄之人。这个人也许已经转身成了昨天，也许正在与你宿命相依，但终究会是你的过去。你记着也好，放下也罢，他曾来过，惊扰过你的时光，给过你美好的爱恋，以及莫名的伤悲。最后未能如愿以偿，陪你双宿双栖，白首终老。

也曾爱过，也曾人约黄昏后，但都转身陌路，不复相见。依稀梦里

见过，但并非对之情深，念念不忘，只是无端地走进梦里。当年杜丽娘游园见执柳少年，与之相见甚欢，托情寄爱。苏东坡夜梦去世十年之久的亡妻，见她轩窗前梳妆，醒后作词记之。

清代徐釚《词苑丛谈》：“张泌仕南唐为内史舍人，初与邻女浣衣相善，作《江神子》词云：‘浣花溪上见卿卿，眼波明，黛眉轻。高绾绿云，低簇小蜻蜓。好是问他来得么？和笑道，莫多情。’后经年不复相见。张夜梦之，寄绝句云：‘别梦依依到谢家，小廊回合曲阑斜。多情只有春庭月，犹为离人照落花。’”

张泌，唐末时期诗人，他写诗，也填词。关于他的一生历程，史书上所记无多，唐末时曾登进士第。其诗歌名篇《寄人》被选入《唐诗三百首》。张泌的词艳丽多情，语言流畅，感情细腻，意境巧妙。

他作诗寄人，这个人与他曾经相爱过，如今只在梦中寻。他们为何分开，这位女子如今去了何处，是嫁作人妇，还是依旧独守闺中，皆不得而知。但分离后，他始终对之不能忘情，无奈时光阻隔，也只能梦里相见。相思之意，无从所诉，唯有借诗寄情，用简洁美好的文字，来表达内心深刻曲折的情思。

“别梦依依到谢家，小廊回合曲阑斜。”此处谢家，代指女子的家，借东晋才女谢道韫之名，所指其人。诗人一入梦境，便恍惚走进了女子的家里，此处庭深意幽，长廊曲折。曾经的美人斜倚栏杆，妩媚娇羞，只是雕栏依旧，他所思之人却不见踪影。

他们也许像《牡丹亭》里的杜丽娘和柳梦梅一样，在亭台水榭游园定情，相约盟誓。如今梦魂里绕遍回廊，栏杆拍尽，只能失落地徘徊，追忆，佳人去了何处，缘何一点香踪萍迹也不曾留下。此情此景，恰似“人面不知何处去，桃花依旧笑春风”，又如同“物是人非事事休，欲语泪先流”。

物是人非，他依恋不舍，往日恩情，别后相思，惆怅难言。他深知现实中他已然彻底失去，唯愿于梦里相见，哪怕隔着花树，不诉衷肠，远远地一睹芳容，也知足了。然烟云散去，世事落幕，一切终归平静。

“多情只有春庭月，犹为离人照落花。”多情的是那庭前月，清冷的幽光洒落在满径落花上，恰似离人心。他们也曾似枝头的繁花，相爱过，多情的明月，记得他们花下相依的背影，如今春月还在，那望月的人，早已不知所踪。

他对那女子心生怪怨了吗？他也只是希望借梦中之景与她久别重逢，在梦里对其细诉深沉的思念。但佳人鱼沉雁杳，仿佛她从未来过，更从未与他有过任何交集。是她背叛了诺言，还是当年他辜负于她？多情反被无情恼。是明月多情，还是诗人多情，又或多情的恰恰是那佳人？

人也许在失去之后才懂得珍惜，他也不过是写诗寄人，梦醒后或生落寞惆怅，或寝食难安。但这一切都会过去，而梦中的女子，远去的佳人，只能深深地掩藏在心底。他会开始新的感情，许下新的诺言，生出新的故事，甚至有一天，将当下的种种全然忘记。那时，当真只有春庭的明月，记得过往的情意，遥远的相思。

小廊曲阑，庭前花月，让我心生感动的，不是诗人对女子的爱恋，亦不是多情的明月，而是这春庭的幽景，是那似曾相识的心境。也曾有梦，也曾梦里邂逅故人，看似与君相遇相知，转瞬却不见踪影。往昔的恩情，昨日欢笑，似乱红飞过，绚烂夺目，又凄美哀伤。

人生有情，心有归依，却难免为情所累。聚时欢喜，散后依依，莫如不见不散，一生一世安静自处，不扰清梦，也是一种慈悲。而我终愿做一缕自由的风，可以行经每个角落，无人所牵，无人所知，更无人所惊。

寂寞空庭，梨花满地不开门

《春怨》　刘方平

纱窗日落渐黄昏，金屋无人见泪痕。
寂寞空庭春欲晚，梨花满地不开门。

午后，煮一壶陈年普洱，就着小窗的蔷薇，以及这个季节的樱桃，浅尝深品。愿静美闲淡的时光可以缓解头疾，清心和悦，妙意无言。好光阴总是在恍惚不知间过去了，比如这个春天，尚未言别，就只剩下淡淡的余韵。

曾说过，人生最悲伤的，莫过于英雄末路，美人迟暮。许多人总恨相逢太晚，却不知自己早已将最美的青春挥霍，爱过，痛过，笑过，哭过。如今，又怎可再奢求什么？曾经爱过的人，以及当下痴恋的人，都只是陌上客，相逢有时，相离无期。

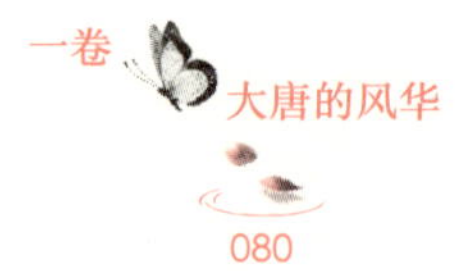

多想简单地活着，择一事，爱一人，终一生。如此美好又简约，平淡又安稳，不必与谁相争，亦不必担忧谁会相负。纵是美人迟暮，白发苍颜，也不可惧。要修多少年，方能换取和喜爱之人一起缓慢老去的幸福。在某个无人问津的庭院，于悠悠来临的黄昏，过着一茶一饭的平淡日子，安静且幸福。

守着午后淡淡光影，独自将黄昏坐断，想起唐人的那首《春怨》：“纱窗日落渐黄昏，金屋无人见泪痕。寂寞空庭春欲晚，梨花满地不开门。”此一生，总被黄昏所惊，皆因漂泊而起。这宫廷深院的女子，则渴望漂流，如此方不被那高墙绿瓦禁闭一生，凄凉冷寂。

欧阳修有词吟：“门掩黄昏，无计留春住。”是的，纵是深掩重门，亦无计留住好春光，好年华。岁序匆匆，带走许多美妙多彩的瞬间，以及柔情和感动，能留下的，只是一些薄浅的回忆与幽幽的叹息。

赵令畤《清平乐》又写：“断送一生憔悴，只消几个黄昏。”此一世，跋山涉水，百转千回，不知要历经多少劫难，遭遇多少沉浮，走过多少荆棘，才能做到淡泊从容，风雨不惊。而你经历的种种苦难，回眸一看，不过几个黄昏，几场花事。那时所得所失，所取所舍，所爱所怨，已然微不足道。

我虽怕黄昏，却不做那伤春悲秋的怨女，愿心似春风明月，那般清好洁净。纵有悲伤，有遗憾，有多少不尽意，也会随着光阴流逝，慢慢淡去。到最后，一如我的容颜，铅华洗尽，虽不再光鲜亮丽，却明净无尘，简单安然。其实，我亦只是凡尘女子中平淡的一个，时而优雅诗意，时而浅显世故，时而哀怨婉转，时而自在喜乐。

旧时女子许多时候虽不能自主，却可以守着当下一种情态，一份心肠，无须思虑太多。若居农家小院，便倚着柴门，将人间芳菲看尽。到了妙龄，嫁一个庸常男子，平凡生养，素心不改，一生一世不必担忧离弃。倘不幸遇灾劫病痛，亦属人世寻常，而后慢慢地老去，子孙满堂，福寿延年。

若为侯门千金，自小锦衣玉食，不管世道运数，不问人间冷暖。此一生，没有太多变故，亦无须经受迁徙流离，和一个爱或不爱的人相约白头。年少时，采花织梦，嫁作人妇，相夫教子，守一院花开花谢，看一世云走云飞。

想来，最为悲情的是那深宫里的女子。一生被命运摆弄，不得而脱，看似华丽的人生，实则像受了诅咒。自小读过许多描写宫怨的诗，总为她们悲剧的人生惋惜。她们说，一生最大的错误与悲哀，便是入了这帝王之家，走进那深宫高墙。

自古多少宫人嫔妃，得宠的，不得宠的，其实都是同一种结局。她们的命运何其相似，不过是为了同一个男子，你争我夺，钩心斗角，之后老死在深宫，不为人知。纵是三千宠爱于一身，也只是镜里恩情，水中幻影，难以久长。璀璨的华彩背后，是更深的落寞与孤独。

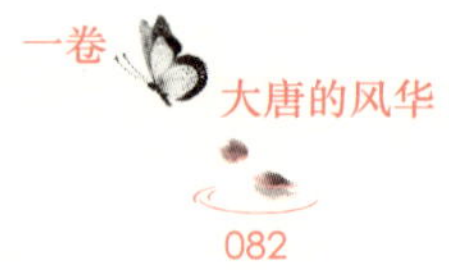

宁可在冷宫深院里独自清幽地过完一生，也不肯于帝王身畔安享万丈荣光。只因没有谁会与一个毫无地位、没有恩宠的人相争。她虽卑微，凄凉，却过得安全，无忧。尽管一生的好年华就这样在一座高墙下蹉跎了，来时不惊不艳，离时亦无声无息。

“纱窗日落渐黄昏，金屋无人见泪痕。”旧纱窗外的日光缓缓淡去，又一个黄昏行将来临，自入宫以来，已经不知经历了几度春秋，行经多少日落，又看过多少花事。虽居锦绣华屋，温饱无忧，却无人可见其内心深处的悲哀，更不见其脸上的泪痕。

“寂寞空庭春欲晚，梨花满地不开门。”庭院里空旷寂寞，春景将尽，倍觉冷落。似雪梨花落了满地，心绪辗转，知无人来访，唯把重门深掩。寥寥几句，道尽了一个深宫女子多年来无尽的哀怨与柔肠。该如何打发，这年年岁岁，重复且单调的时光?

多少宫女自妙龄进宫，一生都未能见到她们的皇帝。她们被安排在幽僻的小庭深院，经受着沉重的清冷与孤独，过着与世隔绝的日子。多少人一生无法企及的地方，却成了囚禁她们的牢笼。在这里，不见亲友，不能鱼雁传书，就连那狭窄的御沟也不能红叶题诗，传递情意。

高墙之外，有遥不可及的寥廓云天，有年少时憧憬过的美好，以及今生不能圆满的梦。许多女子甚至一生不懂何为爱情，她们耗尽心神，亦不得与心中仰慕的男子相逢。重门深处，是无人可见的孤影，是苍茫无尽的等候与失落。

年复一年的蹉跎，直至美人迟暮，空对着凄凉晚景，连回忆都是单薄的。元稹有诗："白头宫女在，闲坐说玄宗。"本是良辰美景，赏心悦目的庭院，于她们却是残景哀情。在这宫门深处，消磨了最后的青春，唯剩一头白发，来记述她们亦曾有过的华年。

寂寞的宫廷生涯，让她们不知人间欢乐，赏过一场又一场的宫花，日子简单无趣。再无话题之时，只能回顾天宝年代的玄宗遗事。红颜易老，盛世衰年，她们所能做的，只是随光阴缓慢老去，再无所求，亦不能求。

高墙之内，亦有许多宫女安于现状，在属于自己的小院里，静美优雅地过一生。她们养花喝茶，对弈抚琴，穿针引线，不管白云来去，不畏年华流逝。不期待，不守候，亦无失望。日子简单清寂，却从容美好，比起那些得到过万千宠爱，再经受冷落的妃子，似乎更令人欣慰。

人生一世，或灿烂，或平淡，或喧闹，或寂寥，皆不由己。莫说那些被禁锢在深宫的女子，纵是往来于烟火红尘的，也不能尽随人意。都只是一生，且看你以哪种方式过完，在无能为力的时候，也要让自己不悲不惧，不哀不伤。

梨花谢了又开，而那些走过的妙年锦时，不会再来。

西窗剪烛，留得残荷听雨声

《宿骆氏亭寄怀崔雍崔衮》　李商隐

竹坞无尘水槛清，相思迢递隔重城。
秋阴不散霜飞晚，留得枯荷听雨声。

春寒料峭，凉意不减，体弱的我，自是被风露所欺，连日来身子诸多不适，惆怅难言。有时觉得这病像窗外淅沥不断的春雨，总难消减。都说文人多愁，晴日赏花喝茶尚好，雨日则伤愁不尽，情思缱绻。而我内心早已平静如水，既无哀怨，亦无离恨，更无相思，遇春风，亦不起波澜。

宋人陆游有诗："小楼一夜听春雨，深巷明朝卖杏花。"当年他赋闲于南国，感叹世事人情薄如轻纱。寄身小楼，闲听春雨，窗边写草书，煮春茶。一夜春雨，想来次日清晨，深幽的小巷会传来叫卖杏花的声音。春光浩荡，春愁如酒，他的心情不似他草书那般舒朗有致，风韵潇洒。他在恬静安适的光阴中消磨，仍不忘国事家愁，纵是漫漫茶雾，亦消弭不了其内心的清醒。

不知是春雨多情，还是听雨的人多情，又或许是煮茶卖花的人多情。春雨轻愁剪剪，秋雨离思重重，这雨千古不变，只是赏雨的人，不断地更换心情。想当年，我听雨檐下，少女心事简单无瑕，连愁怨都是洁净的，无历史沧桑，无岁序流转，也无离人远思。而今听雨，多了几分况味，但人事过尽，所有悲喜离合，终是草草，不生悲情。

雨日读红楼，最得其味，像是寂寥时煮了一壶好茶，可以疗伤。当年李清照和赵明诚赌书泼茶，也是一件风流趣事。雨天独思怀远，或与三五知己喝茶，或读一本书，都是对光阴最好的眷念。而唐诗宋词里的雨，更多几许婉转情思，以及许多今人无法言说的雅韵。

那日大观园众人撑船游河，宝玉嫌荷叶已然枯败，道："这些破荷叶可恨，怎么还不叫人来拔去。"宝钗笑道："今年这几日，何曾饶了这园子闲了，天天逛，那里还有叫人来收拾的工夫。"林黛玉道："我最不喜欢李义山的诗，只喜他这一句：'留得残荷听雨声。'偏你们又不留着残荷了。"

宝玉听罢，果觉诗好，便命人留着残荷，雨日里更助秋情。李义山的诗，婉转优美，缠绵悱恻，他的无题诗，清新独特，多愁善感，又一往情深。其诗意含蓄朦胧，隐晦迷离，故有"诗家总爱西昆好，独恨无人作郑笺"之说。

多情多思的林黛玉偏生不爱李义山的诗，是他的多情无端惊扰了她的思绪，还是孤标傲世的林黛玉生性不喜情多？她的情感，亦如她的心性，超脱物外。“我心素已闲，清川澹如此。”林黛玉喜王维的诗，他的诗意境高洁出尘，不加雕饰，堪比山水画，明净清远，淡雅脱俗。

只是林黛玉选择和潇湘馆的几竿翠竹为伴，又何尝不是为了听雨？她作《秋窗风雨夕》亦是倚着秋窗，在寂寂长夜里，独自挨过那无尽的风雨凄凉。大观园里除了宝玉这位知音，黛玉再无可托付之人。但宝玉的人生也是自己做不得主，那场命运的风雨，直到她离去也没有休止。

雨可以洗去世间一切尘埃，美好的，不美好的，皆被洗尽。雨是文人的诗料，寄寓灵感，也惹人愁思。李商隐诗中的这场雨，也是一落千年，敲打在残败的枯荷上，清冷错落，耐人追思。后来，但凡见了枯荷，都会想起那场途经唐时的雨，它的美，远胜过百翠千红之华丽盛景。

李商隐年少聪颖，因家世清贫，渴慕早日博取功名，为官耀祖。然应举之路多次受阻，辗转数年方得功名，步入仕途，得到秘书省校书郎的职位。官职低微，后又无意卷入朋党之争的旋涡中，一生困顿不得志。

李商隐将人世无常、官场浮沉以及苦闷的情感皆寄于诗文。读李商隐的诗，宛若翻读他一生的旅程，他的失意落寞，他的孤独凄凉，他的相思哀怨，看似无题，实则有心。

这首诗是当年李商隐在骆氏亭怀想远在长安的崔氏二兄弟所作。清

雅幽静，远离尘嚣的骆氏亭，牵引出他对友人的无限思念。安静中倍觉孤寂，冷清中更添怅然，细雨中落满愁念。雨日原该与友人聚会喝茶，消磨光阴，奈何他们之间隔了万里蓬山，不得相见。

心事重重无处可寄，奈何秋日迷蒙的阴雨，令原本低沉的心境添了几分感伤。一句“留得枯荷听雨声”，可谓神来之笔，让整幅画面生动灵逸。残败的枯荷在秋风中本凄凉落寞，雨落其间更添了无限韵致。这枯荷秋雨可寄漫漫远思，亦让他与千里之外的友人情意相通。

他虽羁旅漂泊，却有雨相伴，有满池的枯荷，为他做诗料。在李商隐客居异乡巴蜀时，还下过那么一场缠绵的秋雨。“何当共剪西窗烛，却话巴山夜雨时。”据说，这首诗是李商隐怀念妻子王氏所作，他与王氏夫妻恩爱，情深意浓，奈何远隔山水，归期未定。

他期待着，有一日归去故里，和爱妻于西窗下，剪烛夜谈。告诉她，当年他在某个绵绵的雨夜，对她生出无尽的思念。他亦只是天涯过客，一生辗转难安，遭逢无数场雨，亦忍受无数的孤独与相思。此一生，官场失意，遭人排挤，潦倒终身，与他恩爱情长的妻子早亡，独他形单影只，凄凉遗世。

人生有太多不可弥补的遗憾和缺失，但纵是荆棘丛生，也要从容走过。一如残荷，虽枯败凋零，然在秋雨中，更添情境，亦寄幽思。后来，我对残荷也生了情愫，每见庭院枯荷，便会想起李义山的诗，想起大观园的林黛玉。她的早慧，她对残荷听雨的情有独钟，亦是她对渺茫人生、无望爱情最后的憧憬。

此刻，窗外细雨敲窗，一声声，似琴音冷韵，错落有致。虽无残荷，却有老树新芽，溪桥繁花，一夜的雨，明日落红应满径。想来人生随四季流转，荣枯有序，聚散有定，不该总被愁怨孤独填满。

绵绵春雨，不知尽时，终有尽时。若得一知心人相伴，与之雨夜共挑灯花，赌书泼茶，当是人生幸事。若无，独自守着一窗烟雨，一盏佳茗，一本唐诗，也是欢喜，也当自珍。

三春过尽，悔教夫婿觅封侯

《闺怨》　王昌龄

闺中少妇不知愁，春日凝妆上翠楼。
忽见陌头杨柳色，悔教夫婿觅封侯。

一夜春雨，醒来窗外晴光如线，柳烟花雾，甚是迷人。日闲庭深，风景是这般端庄慨然，没有远虑，亦无近忧，只是当下一茶一花的悠然。溪桥垂柳，比之梅花和翠竹，又是一种风流姿态，纤细柔软，又静美亭亭。

折三两枝海棠，一枝插瓶，一枝簪头，装点了岁月，惊艳了时光。素雅的容颜，淡妆轻抹，眉目间更添几许遮掩不去的风流韵味。闺中的愁念和感伤，都是洁净的，不是哀怨，更不是荒凉。春日里的一草一木，一蕊一芽，皆是欢喜。

都说赶春需趁早，以往的春日，时常邀约知己，去庭园赏花，或于太

湖畔观山戏水。也曾学古人折梅寄人，折柳赠别，过长亭短亭，看尽人间花事，烟波画船。后来方知，所有美好的际遇，偶然的邂逅，都是青春犯下的错。那些一起赏过花，折过柳，甚至从未谋面的人，都成了陌路，再无丝毫的纠葛。

无情之人，必有其情深之处。我便是那无情又深情之人，不轻易为凡尘过客动心，对诗酒琴茶花，则情深不改。如今每日独坐小楼，弄茶侍花，安静娴雅，光阴挂在门庭，翠柳斜过瓦檐。时令徙转，春光不输于往年，而我秋水容颜，落梅风骨，亦不曾消减。

见陌上杨柳依依，漫漫远意，竟无可想之人，亦无可付之心。偶然记起一首唐诗："闺中少妇不知愁，春日凝妆上翠楼。忽见陌头杨柳色，悔教夫婿觅封侯。"方才的简然心绪，顿生了伤情，然此伤情不为自己，为那远在千年前的唐人，为那不知愁怨的闺中少妇。虽隔了迢遥山水，错落时空，但我对旧时女子总是心生爱意和怜意，仿佛某一世，我与她们有过心性相通。

有时候，觉得唐诗里的某个场景，像梨园旧梦里一出遗忘又被想起的折子戏。我会在某个似曾相识的意境里停留，莫名地参与他们的悲喜，又不修改他们的故事，惊扰他们的人生。

她是闺中少妇，落于贵族人家，虽嫁作人妇，却不曾经历人世坎坷波折。每日凝妆抹粉，登楼远眺，烂漫心事恍若潋滟春水，不曾愁，也不知愁。如此精心打扮，着丽装，倚高楼，只为赏阅无边春色，打发闺中寂寥

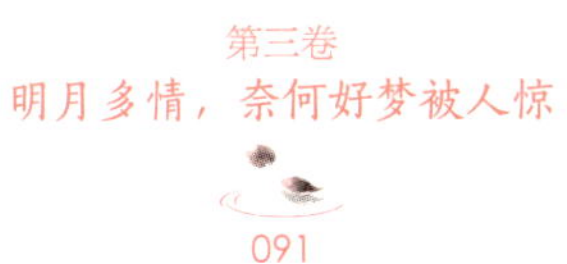

的光阴。少妇不知愁滋味，登高不为排遣闲愁，也没有望断天涯路。

她是见春光不知春怨，遇行人不问归期，只默默沉浸在她小小的世界里，采撷一片春景，邂逅一朵流云，收藏一缕春风。若非陌上的杨柳撩动她的思绪，她甚至忘了那从军远征，离别经年的丈夫，忘记新婚时曾经有过的郎情妾意，以及彼此花前月下许过的海誓山盟。

缱绻恩情仿佛就在昨天，又分明已隔遥远。春风拂过垂柳，让她忆起当年折柳赠别的情景，那转身离去的背影，再不曾相逢。虽说春光甚好，年华依旧，但无言的时间，终在悄悄流逝，只怕有一日青春远去，千里之外的夫婿还未返还。

“功名只向马上取，真是英雄一丈夫。”从军远征，立功边塞，晋爵封侯，是多少男儿的宏伟心愿，亦是无数闺中少妇对丈夫的美好期许。他们期待着，有一日功成名就，打马归来，封侯拜相，从此双宿双栖，长相厮守。

却不知“凭君莫话封侯事，一将功成万骨枯”。烽火烟消的战场，刀光剑影的杀伐，一代名将的功绩，又是多少士卒用白骨换取的。人生百年，仓促易逝，或为功名，或为抱负，或为尊荣，又或仅仅只为平淡地活着，简约地相守。

总之，这位闺中少妇，见陌头杨柳又绿，夫君杳无音信，顿生悔恨之情。她后悔当初不该劝说夫婿觅封侯，到如今，无端辜负了良辰美景，虚度芳华。倘若当时不要荣华功贵，今日便可与之相依相守，共赏这撩人春色。又何惧光阴流走，管它冷暖阴晴，杨柳荣衰。

好时光，又经得起几度消磨？王昌龄用其细腻的诗心，描摹出闺中少妇含蓄曲折的情思。赏春却不伤春，虽有别意，却不诉离恨；言离愁，却不见愁音。语言精致，构思新颖，寄韵幽婉，意味深长。

王昌龄的诗，以五古、七绝为主，又以边塞、宫怨为题材，被称为“七绝圣手”。吴乔《围炉诗话》：“王龙标七绝，如八股之王济之也。起承转合之法，自此而定，是为唐体，后人无不宗之。”

王昌龄的边塞诗可谓情景交融，为盛唐时一道瑰丽风景。他对边塞风光以及战场将士的内心世界，皆刻画细致。其诗境亦如边关塞外，辽阔深远，旷达超逸，雄浑豪迈，又苍茫沉郁。而他写宫怨诗，可与李白相争，其诗意情境，巧妙出奇，或华美清丽，或凄婉哀怨，皆有其无穷韵味。

明诗论家陆时雍《诗镜总论》：“王昌龄多意而多用之，李太白寡意而寡用之。昌龄得之锤炼，太白出于自然，然而昌龄之意象深矣。”行文写诗，关乎景，也关乎情，还和个人际遇与悟性相关。太白心性天然，诗文明净，不加雕饰；昌龄一片冰心，文辞清峻，情真意切。

此时的我亦是在春风高楼，看窗外浩荡云天，杨柳翠色，情不知所起，又不知对谁一往情深。她说，悔教夫婿觅封侯，而我之悔，又是什么？我既无千里远征的丈夫，也无相隔万里之遥的故人，更无擦肩而过的缘分。于我，过去的一切不必追思，也无须怅悔，人生所有的结局，都是因为当时的抉择，对与错，皆坦然接受，平静承担。

春风如水柳如烟，不知，唐时那位闺中女子是否等到了她觅封侯的丈夫。翠柳年年依旧，纵是花容月貌，亦会年老色衰，待他归来，又拿什么来忆起昨天那个凝妆赏春的自己。

也许，在我心里亦曾等候过那样一个人，只是时间久了，最后还给了岁月。或遗落在黛瓦白墙的小院，或丢失在杨柳依依的古道，又或者一直安好，从未离开，是自己假装遗忘了。

多年前，我写过那么一句话，与此刻光景，似有交集。“青梅煎好的茶水，还是当年的味道，而我们等候的人，不会归来。”

只是，来或不来，见与不见，我都在。我自倾杯，君且随意。

花非花，雾非雾，来如春梦几多时

《花非花》 白居易

花非花，雾非雾。夜半来，天明去。
来如春梦几多时？去似朝云无觅处。

这个夜晚，有春风，有明月，有我喜欢的香草，还有一杯淡淡的春茶，以及一些无人可诉的心事。从黄昏到现在，心情低落着，恍若窗外那行将开败的白玉兰，似花非花，如梦如幻。既不是悲，也不是愁，无惊惧，也无伤情，连烦恼都不是。

回首过往，也曾爱过，或许现在依旧爱着。那时花好月圆，人静岁安，仿佛前世失散的故人得以重逢，甚至无须再去许下任何诺言就可以地老天荒。我本性洁，愿一生美好清淡地活着，和温婉的风景相依，与柔情似水的人执手。

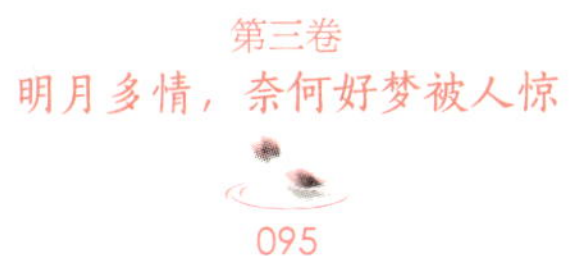

后来，把人世种种际遇都当作红尘里的修行。那些经过我时光的人，皆成了转身即忘的风景，被我扫落尘埃，今生不复与见。许多人我只当从未遇见，亦不曾有过丝毫的交集，而人生则如一湖平静春水，似皎洁明月，不逢灾遭劫，也无因果情缘。

从前的事，现在的事，以后的事，似乎满满的，又空无一物，分明有情，却把日子过得淡定从容。唐人白居易有诗："花非花，雾非雾。夜半来，天明去。来如春梦几多时？去似朝云无觅处。"恰如我此时心情，有些美好，有些恍惚，像月光下的花影，香风习习，又缥缈难捉。

不是花，又非雾，是春梦，又若朝云。这首诗浅显直白，若行云流水，不加雕饰。言辞清丽，又隐透出朦胧的色彩，似真似幻。有如温柔夜色里一场美丽的花事，来不及看清它的容颜，便已是晨晓。说是梦，却那么真实可依；若说不是梦，却又随着飘忽的朝云瞬间不见影踪，无处可寻。

宋玉《高唐赋序》："妾在巫山之阳，高丘之阻，旦为朝云，暮为行雨，朝朝暮暮，阳台之下。"当年楚襄王梦巫山神女，对其深深爱慕，苦苦追求，但神女却无心与他欢会。可谓是襄王有意，神女无心，此情如落花流水，两无交集。神女端庄典雅，温润风流，却又是那么孤冷清绝，不可侵犯。

白居易这首诗，是写情爱，又非仅仅是情爱。短短数十字，仿佛看尽了他漫长的一生，他的情感，他的仕途，他人生的浮沉起落，成败得

失。《金刚经》有云："一切有为法，如梦幻泡影，如露亦如电，应作如是观。"

回首过往，数载年华，那些美妙无边的风景、倾国倾城的佳人，以及所拥有过的富贵功名，如梦幻泡影，灿若烟火，稍纵即逝。一切色相，皆是虚妄，兴亡荣辱，缘起缘灭，是一场擦肩而过的春梦，是打身边流走的浮云。

白居易生于"世敦儒业"的中小官僚家庭，自幼聪颖好学，才思过人。贞元十六年（800年）中进士，十九年春，授秘书省校书郎。后罢校书郎，任进士考官、集贤院校理，授翰林学士。他的才情曾得皇上赏识，为报知遇之恩，频繁上书言事。然官场由来风云不定，变幻莫测，宰相武元衡遇刺身亡，白居易上表主张严缉凶手，被指责是越职言事，其后又遭诽谤，遂被贬为江州司马。

他的人生便自此从兼济天下，滑落向独善其身。离开了繁华的长安京都，他在浔阳江畔时常卧病，无端辜负春花秋月，唯有饮酒独酌，以解烦忧。他在庐山建了草堂，过着闲适散淡的生活，亦算是随遇而安。

那年秋天，于浔阳江头送别客人，白居易偶遇一位才艺超脱的琵琶歌女，被她凄楚悲切的琴音所感动，内心亦是百转千回。琵琶女原是长安歌女，也曾名噪一时。后红颜老去，嫁与寻常商人为妻，而后孤影漂萍，流转江湖。她用泠泠弦音诉说衷情，叹命运摆弄，在那秋水河畔，似雪芦花映衬她憔悴容颜，更添悲凉。

赏其才情，感其身世，白居易撰写一首长诗送与琵琶歌女，题为《琵琶行》。“同是天涯沦落人，相逢何必曾相识！”虽只是萍水相逢，却视她作知音。也许这尘世间，离他心最近的，不是他恩宠过的樊素，不是小蛮，也不是关盼盼，而是与他天涯相遇的琵琶女。

“夜深忽梦少年事，梦啼妆泪红阑干。”想当时，白居易也倜傥风流，为消人生烦恼，解仕途怅然，他以妓乐诗酒放纵自娱。白居易视她们为红颜知己，素日与之吟诗作乐，歌舞尽欢。而樊素和小蛮，是他最为宠爱的家姬，有诗吟：“樱桃樊素口，杨柳小蛮腰。”

晚年的白居易，再无年少时的壮志豪情，他放下执念，淡泊世事，与文友诗酒唱和。加之体弱多病，得了风疾，半身麻痹。他甚至无心情爱，无意和家姬欢乐，怕累己误人。于是，他卖掉那匹与他相伴多年的好马，并要遣散相随数载的樊素和小蛮。然良驹反顾哀鸣，不忍离去，樊素亦悲伤落泪，说：

“主人乘此骆五年，衔撅之下，不惊不逸。素事主十年，巾栉之间，无违无失。今素貌虽陋，未至衰摧。骆力犹壮，又无。即骆之力，尚可以代主一步；素之歌，亦可送主一杯。一旦双去，有去无回。故素将去，其辞也苦；骆将去，其鸣也哀。此人之情也，马之情也，岂主君独无情哉？”

光阴薄凉，人生有情，这时的白居易笃信佛教，号香山居士，抛散昨日浮名，于经卷中顿悟，找寻宁静。此一生，无论是情场、官场，还是诗

坛，都春风得意。虽遭贬谪，却也能恬然自处，于草堂修行，邀僧出游。而他的身边想必从来都不欠缺佳人。

“两枝杨柳小楼中，袅娜多年伴醉翁。明日放归归去后，世间应不要春风。五年三月今朝尽，客散筵空掩独扉。病与乐天相共住，春同樊素一时归。”樊素走了，小蛮也走了，客散筵空，人生到了最后，自当如此。他不忍再去牵绊她们所剩无几的华年，愿她们可以寻得良人，重新安排自己的命运。却不知，她们一生所有的美好，早已耗费，毫无保留。

再繁盛的筵席，再长情的相依，再生动的诺言，都会输给时间。我们曾经拥有的，终将失去，而失去的，又会以另一种方式归来。既是留不住无影无形的时光，那么静看它的流逝，享受它的美，亦是一种幸福。

花非花，雾非雾。夜半来，天明去。来如春梦几多时？去似朝云无觅处。

谁是沧海之水，谁又是巫山之云

《离思五首·其四》　元稹

曾经沧海难为水，除却巫山不是云。
取次花丛懒回顾，半缘修道半缘君。

每个人的一生都有飞不过的沧海，越不过的桑田。邂逅一段情感，是缘，也是劫。这是人的定数，纵算你尽力去避免，亦解脱不了爱恨离怨。许多事明知是错，依旧飞蛾扑火，只争朝夕。

或许，情到深处，没有对错，更无得失。相处的日子里，所有看过的山水草木，经历的悲欢离合，都是值得惊叹的风景。也许，此生再不相忘；也许，转身就是沧海。诺言很美，却也如风，可以沁人心骨，亦可无影无痕。

“曾经沧海难为水，除却巫山不是云。取次花丛懒回顾，半缘修道半缘君。”写这首诗的人叫元稹，唐时男子，年少便富有才名，和白居易同科及第，并结为终生诗友，二人共同倡导新乐府运动，世称“元白”。

元稹的诗，辞浅意哀，悲切情深，读来惊人好梦，动人心肠。其《离思》五首，《遣悲怀》三首，皆是入骨之句，言语美妙，情思婉转，却也悲戚哀怨。更著有传奇《莺莺传》，又名《会真记》，后被元人王实甫改写成剧本《西厢记》，被千古传唱，经久不息。

沧海和巫山为人间最美好的风景，而元稹用最美的风景来形容他的妻子韦丛。韦丛，太子少保韦夏卿的小女儿，二十岁之龄嫁与诗人元稹。那时的元稹仅为秘书省校书郎，但出身名门、高贵典雅的韦丛，并不计较元稹的身份。嫁作人妇，勤俭持家，为其煮饭烧茶，红袖添香。

日子虽平淡，夫妻却恩爱，情深意浓，亦作红尘知音。然造化弄人，年仅二十七岁的韦丛因病去世，这时的元稹已升任监察御史，爱妻亡故，令诗人悲恸欲绝，后写下一系列的悼亡诗，祭告亡妻的魂灵，告知情深不改。

沧海为孟子“观于海者难为水”幻化而来，《孟子·尽心》篇“观于海者难为水，游于圣人之门者难为言”。而巫山则使用宋玉《高唐赋序》里“巫山云雨”之典故。《高唐赋序》说，其云为神女所化，上属于天，下入于渊，茂如松榯，美若娇姬。

看罢了茫茫沧海，涓涓细流便不入眼，而邂逅了巫山的彩云，对所有的云霞亦不足为奇。这世间唯如沧海之水，似巫山之云的绝代佳人，能令其倾心相待。之后，纵有倾城国色，花容月貌的女子，也不能博取他的爱慕与欢心。

哪怕万花丛中过，也是片叶不染身。姹紫嫣红的枝头，没有一株花木值得他为之停留，更莫说折取，对之动情伤神。爱妻的亡故，让他心意阑珊，倦怠了世间情爱，再无意任何花开。于诗人心中，唯有爱妻是那倾国的名花，虽死却不败不谢。那么多似雪繁花，他也只是匆匆走过，不顾盼，也不回眸。

他说，不折花沾叶，不驻足顾盼，一半是因其修道之清心寡欲，一半则是曾经拥有过世间最美的你。爱妻亡故，他无法从悲伤中解脱，闲时便读庄子《逍遥游》，淡看红尘情爱，静心修道。在他心里，爱妻是沧海的水，巫山的云，百花中最娇艳的一朵，今生再无人可以取代她的美。他对其情深如海，甚至许下誓约，终身不娶。

唐人悼亡诗中，元稹的诗境格调清绝，意婉情深。“曾经沧海难为水，除却巫山不是云”，更为后世称颂。诗者有心，所倾诉的，亦只是当时之情。爱妻亡故，他虽悲切，并誓不再娶，那时的元稹，对韦丛的感情，确是真挚，不容置疑。然让一个风流诗客，自此孤独到老，实在太难。

韦丛去世后两年，元稹就在江陵府纳了妾。也许接受一段新的情感，开始新的故事，并不意味着遗忘从前。又或许，在他心底，世间再无任何女子可以替代爱妻。纵算他再娶纳妾，甚至邂逅更多的情缘，亦无法擦去过往的痕迹。

之后，元稹去往四川为官，结识了蜀中才女薛涛，并与之生出一段刻骨铭心的爱情。薛涛比元稹年长十一岁，虽年过四十，却依旧容颜秀美，风韵犹存。风流倜傥的元稹，令薛涛一见倾心，多年对情感的隐忍，自此为他一人尽欢。身为歌伎的薛涛，虽与韦皋有过一段情缘，却始终不曾为之付出真心。

那段时间，他们忘记了年龄的差距，忘记了世俗的约束，只醉心于诗酒文章，遍览蜀中山水。“风花日将老，佳期犹渺渺。不结同心人，空结同心草。”薛涛一生未嫁，她以为，她等候的男子，虽不曾在她最好的年华里出现，却到底相约而至。她甚至不去想，她与他是否有结局，此生至少这样美好地爱过，亦是无悔。

薛涛和元稹度过了一段浪漫逍遥的时光，然这炽热的爱恋却在元稹离去时消散。元稹走了，去了京城，他承诺，他会回来，伴她岁岁年年。她这一生，虽未曾对别的男子动过真心，却听过太多的海誓山盟。她自是不敢轻信他的诺言，但内心始终期待，有一天他真的会归来，并且留在蜀地，与她长相厮守，暮暮朝朝。

他没有信守承诺，她亦不恨不怨，一个人隐于浣花溪畔，卸下过往的

美丽与哀愁，自制诗笺，孤独美好地活着。暮年的薛涛，着素布道衣，建吟诗楼，酿薛涛酒，在清幽中，平静地度过了晚年。她自知，世间男欢女爱，觥筹交错只是过眼云烟，虽相爱，却无谓相负。

自古男儿动心容易守情难，元稹对亡妻情深意重，对薛涛也不算始乱终弃，他只是情难自已。在后来的宋朝，东坡居士写下一首千古悼亡之词《江城子》，更是凄婉痛绝，读罢令人断肠。

“十年生死两茫茫，不思量，自难忘。千里孤坟，无处话凄凉。纵使相逢应不识，尘满面，鬓如霜。夜来幽梦忽还乡，小轩窗，正梳妆。相顾无言，惟有泪千行。料得年年肠断处，明月夜，短松冈。”

苏轼夜梦亡妻王弗，死别已有十年，仍对之思念深切。想当年，夫妻恩爱情深，如今独留她千里孤坟，千般爱恋，万缕哀思，无处诉说。苏轼一生宦海浮沉，情感亦是坎坷起伏，不如人意。他娶妻王弗，为其红袖添香，是苏轼的伴读良友，后亡。再娶王闰之，亦是一位性情柔顺，贤惠大方的女子，陪他经历人世风雨，飘蓬流转。

王闰之去世后，苏东坡再遇红颜知己王朝云，她虽为歌伎，却清雅脱俗，才情超绝。苏轼爱之，纳为侍妾，朝云用一生最美的时光追随东坡居士，与他诗酒吟唱，陪他研习佛理。然红颜薄命，朝云亦离他而去，东坡悲伤不已，为之写下联句：“不合时宜，唯有朝云能识我；独弹古调，每逢暮雨倍思卿。”

人的一生，总是在不断地相遇，又不断地相离。也许时间久了，已经分辨不清，谁是沧海之水，谁是巫山之云，谁又是你耗费一生想要珍惜，又至死不忘的那个人。也罢，任随缘起缘灭，不问情深情浅。

人事偷换，笑问客从何处来

《回乡偶书二首》　贺知章

少小离家老大回，乡音无改鬓毛衰。
儿童相见不相识，笑问客从何处来。

离别家乡岁月多，近来人事半消磨。
惟有门前镜湖水，春风不改旧时波。

张爱玲说：“对于中年以后的人，十年八年都好像是指顾间的事，可是对于年轻人而言，三年五载就可以是一生一世。”以往不觉时光珍贵，可以任性地将自己放逐到凡尘每一个角落。三年五载，慢得恍若一生一世，似乎有挥霍不尽的光阴。如今却是流年匆匆，许多风景尚不曾抵达，就已仓促走过。

多少次午夜梦回，始终是那黛瓦白墙的村庄，朴素田园，明月溪山，有斑驳的老墙，苔藓覆盖的长巷，还有一座落满尘埃的戏台。那时的我，不过是一个不满十岁的女孩，清纯明净，不染世事，更不解人情。

昨夜又梦见母亲，她不再是年轻时模样，素净白衣，扎着长辫，言语皆是明朗与欢愉。她两鬓生白，形容憔悴，似有无限话语要对我诉说，却掩藏于心，不能表白。其实，她想说的，未曾说出口的，我都明白。只是，心意阑珊，我又怎可为谁而修改人生的行程。

父母的老去，令我总是内心忧惧，虽知生老病死乃生命常态，却始终害怕离别的到来。人生匆匆来去，不过在红尘走过一回，却又不可太过随性，不能任意消磨。那些走过的路，遇见的人，发生的事，情感，功名以及种种细碎的经历，都被写进属于自己的命册里，成了故事，成了历史。

当一个人的日子只剩下回忆，或只余下简净与平淡，该是无欲无争。母亲时常在耳畔叨絮，怪岁月太过无情，让她从一个韶华之龄的烂漫女子，成了当下白发苍苍的老妪。她让我惜时惜景，却不知，我的妙年刚刚走过，连转身迟疑的机会都不曾有。

好光阴算是辜负了，却不肯轻易低眉，害怕会错过更多行途上值得珍藏的美丽。我愿守寂静小园，在老旧的篱院下，种一树蔷薇，向阳而开，生生不息。又到了茉莉栀子花绽放的季节，外婆家是遥远村落里一道清凉的风景。

旧时庭院，朴素无华，外婆在竹篮里挑拣她喜爱的茉莉，虽已是迟

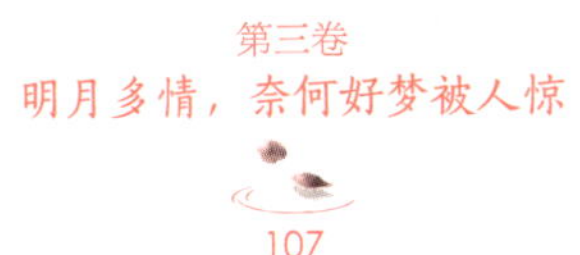

暮美人，却恍若妙龄少女。她的笑，一如廊下的凉风，幽香沁脾。外公着斜襟白褂，有几分读书君子模样，坐竹椅上，石几上一壶茶，教我背唐诗："少小离家老大回，乡音无改鬓毛衰。儿童相见不相识，笑问客从何处来。"

那时我不解唐是何年，宋是何时，却喜读诗，亦学词。外公说祖上为读书人家，也曾出过进士举人，后经历朝政变动，迁徙至这小小村庄，做起了樵夫渔翁，不问江山谁主浮沉。他说年少时亦有功名之意，出仕之心，最后还是做了钓翁。而这座小小山村如同晋代陶渊明笔下的桃源净土，远避秦时风烟，汉时骤雨。

"少小离家老大回，乡音无改鬓毛衰。"当年贺知章远离风流的吴越之地，去往繁华又多风多雨的京城。离家时风华正茂，归来却鬓毛疏落，风烛残年。他虽不改乡音，不忘故乡旧情旧景，只是故乡可曾认他为旧人？

"儿童相见不相识，笑问客从何处来。"小户人家的孩童于树荫下嬉戏游乐，见一执杖的白发老翁，笑问客人，来自何处，到此为何。看似浅淡的一句问候，却牵惹诗人无限的感慨。离家一去数十载，本是这里的主人，今时风雨归来，却被误为过客。

"离别家乡岁月多，近来人事半消磨。"久客伤老，虽有哀情，但见孩童嬉乐，画面生动，又觉趣味横生。那么多的岁月，都在长安消磨殆尽，余下残年，回归故里，却寻不到昨日熟悉的人情世事。

“惟有门前镜湖水，春风不改旧时波。”阔别已久的人事，早已更换，唯有故园的镜湖，数载不见，不改旧时清波。世间唯自然之景，亘古不变，无论经历多少聚散离合，它自一如既往。诗人原本感伤的心绪，亦随澄澈的镜湖慢慢平静了。

贺知章的两首《回乡偶书》，诗境天成，朴素无华，情感自然流露，毫无修饰。贺知章告老还乡已有八十六岁高龄，据说那时他因病恍惚，便上奏朝廷，求还乡里，潜心修道。唐玄宗御制诗以赠，皇太子率百官饯行。贺知章可谓是荣归故里，他受的恩宠，历史上亦是屈指可数。

贺知章一生啸游长安，往返于宫殿，深受皇恩，宦海随波。年少多才，后中状元，入仕为官，青云之路，平顺坦荡。他生性旷达豪迈，善谈笑，好饮酒，喜书法，有“清谈风流”之誉。他风流潇洒，当时贤达皆倾慕之。邂逅李白，赞其为“谪仙人也”，后成忘年交，并引荐李白给唐玄宗。

贺知章晚年放纵不羁，每日邀约诗友，饮酒赋诗，泼墨挥洒，自号“四明狂客”。他和李白吟诗畅饮，倾心相交，金龟换美酒，名扬长安。他虽官居高位，却为人纯真，一生修道，不改初心。他退隐官场，潜心修道，芒鞋竹杖，风雨平生。

若非因一场大病，贺知章也许还眷留长安，不知回返。日夜诗酒消磨，鹤发童颜，仍自洒逸狂傲。据说他入道返乡，不久后便寿终正寝，结束了漫长的一生。人生修行，莫过于此，年少轻狂，飞扬跋扈，诗酒江湖，暮年隐退，回首一生匆匆如梦，喜忧各半，荣辱尽然。

人生天地间，忽如远行客。外公一生居偏远山村，做乡野村夫，晴耕雨读。他想要的功名，在千里之外，云水之间。纵算年少追名逐利，晚年终要归隐田园，出世入世，所求的皆是内心的清远宁静。

我有闲隐之意，并无功名之心，一入尘海，过尽波涛，不知归去何处。一别故里，亦有廿载，亲朋故友，不复当年。静美年华，亦如浅薄的风，稍纵即逝。有时候，我甚至不知故乡在哪里，更不在意，归去时那些未曾相识的邻里孩童待我是主是客。

贺知章说，唯镜湖之水，不改旧时波。而我该是门庭深院那几树梅花，不改旧时姿容，花开花谢，一往情深。

一卷·大唐的风华

第四卷

晚年唯好静，万事不关心

晚年唯好静，万事不关心

《酬张少府》　王维

晚年唯好静，万事不关心。
自顾无长策，空知返旧林。
松风吹解带，山月照弹琴。
君问穷通理，渔歌入浦深。

这个春日，比往年还要匆急，仿佛看过几场花开，喝了几壶春茶，便已至夏日。我曾说，人生真的太仓促，像是一杯闲茶，由暖转凉，由浓至淡，片刻而已。回首从前，恰如烟云一场，悠长得看不到尽头的岁月，果真是片刻而已。

江南多雨，出门一月有余，又仿佛只是几个朝夕。为寻一座庭院，一座城池，或仅仅一段缘分，一个擦肩，甚至什么都不是。归来后，庭院里草木繁盛，依旧是初时气息。这便是梅庄，简净又多姿，冷清亦安宁，没有来人，也不送行客。

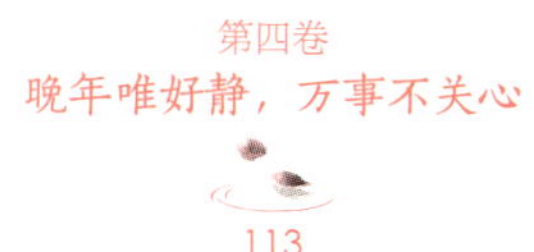

飞花入梦，细雨若丝，无论是帘外的风景，还是屋内的静物，都成了诗料。我虽爱锦绣山河，山水田园，深林云海，却更爱散淡清欢，简约闲静。许多时候，宁愿守在一个明净角落，把最美的时光交付于一盏茶，也不肯放逐于碌碌尘寰，为名利劳心费神。

或许这是一个没有志向的人所说的话，却出于肺腑。多少年了，我一如往昔，简单静好，不惊于世，不屈于物。也曾为五斗米折腰，却终究清守洁净的灵魂，做当时的自己。多少侯门将相，达官显贵，都可抛掷功名，放弃江山，更何况我这凡女？

王维有诗："晚年唯好静，万事不关心。"这位山水禅意诗人，一生过着半官半隐、入仕出世的生活。他参禅悟理，学庄信道，精通诗书乐画，多咏山水田园。苏轼评价："味摩诘之诗，诗中有画；观摩诘之画，画中有诗。"

王维，唐朝著名诗人、画家，字摩诘，官至尚书右丞，故世称"王右丞"。他自幼才华超绝，工书画，通音律，少时便是京城王公贵族的宠儿。纵是出仕，他亦取闲暇时光，修建园林，挖湖引溪，于竹馆弹琴自娱，和诗友品茗弹唱。

也曾有政治之心，无关名利，但官场非佛堂，有钩心斗角，有争名夺利。怎及他于别院深处，吟诗作画，抚琴自吟，那般闲逸自在？王维的山水诗，神韵淡远，清冷幽邃，远离尘世，没有烟火之气，禅意悠然。

《鹿柴》云："空山不见人，但闻人语响。返景入深林，复照青苔上。"仿佛他就是空山深林处一束淡淡的斜晖，是小径山石上的一抹青苔，是一幅流动又静美的画卷。人落风景中，却超然物外，看似旷达，又隐透淡淡的寒凉。

王维的诗文一如他出仕为官的态度。其人清贵，其心高洁，其诗雅淡，于烟火浩荡的长安，他始终清新淡远，有渊明遗风。他的诗恰如他的生活，不刻意铺陈，一切自然随性，美妙空灵。

王维这首《酬张少府》是写给张九龄的。那时的张九龄遭贬，王维内心沮丧，寄诗于他，表达自己对朝政失望，愿此后归隐林泉，山水为伴。尽管后来的王维依旧在朝为官，却始终不肯融入官场，心意阑珊，于终南山修别院，礼佛食素，更见其隐士之风。

"自顾无长策，空知返旧林。松风吹解带，山月照弹琴。"自知既无高策报国，莫如归去旧日山林，松风解带，弄月弹琴。山间恬淡闲适的生活，可以令他忘记官场的纷争。他宁可安静自处，做个散淡之士，也不愿随波逐流，在繁芜的现世里迷失自己。

松风山月也通情达理，知他内心高洁美好，与他相伴相生。想当年陶潜亦曾出仕，经历浮沉，后辞去彭泽县令，写下《归去来兮辞》，隐逸田园，栽松种菊。倦鸟返巢，门庭寂静，过往的种种，竟是一场迷离的错误。今时唯愿守着几亩薄田，几畦菜地，一株松，一丛菊，安适度日。

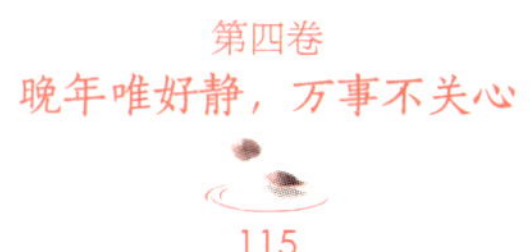

为何人到了暮年，才知良辰美景不可蹉跎？非要将坎坷过尽，方悟禅理？人世虚幻无常，生何欢，死何悲，相逢相离皆可一笑。千古不变的，是绿水青山，是灵魂深处的静美，是不着一字的雅逸风流。自然之美，清淡又浓郁，朴素又深厚，不必修饰，物物合情合理。

“君问穷通理，渔歌入浦深。”诗人羡慕渔父，幽居江畔，不与世俗之人往来，也不问人间穷通。世事看似隐藏太多的玄妙，却又简单明了，何须询问穷通。达者之心，若碧海青天，浩荡无边，可藏万物，兼济天下；亦可渺小若尘，在自己的小园篱院，琴书自娱。

王维长居山林，绘画作诗，更喜竹馆弹琴。他的诗画曲皆清淡静谧，似那幽深竹林，皎洁明月，悠然闲淡，让人神往。多少人困于尘网，本无意争执什么，到后来，身落其间，不得离舍。人世如花开花落，生死有命，穷通亦有定，洗尘虑，修禅心，怡然闲远。

《红楼梦》里，林黛玉独爱王维的诗，不仅是诗中有画，更为诗中的自然清气，以及隐透在其间的禅机。她虽居侯门深户，却喜山水天然之境，爱庭前几竿修竹，还有满地浓淡的苔痕。“幽僻处可有人行，点苍苔白露泠泠。”大观园每日皆有热闹非凡的宴席，她则爱潇湘馆的清幽绝尘。

素日里，林黛玉也随他们一起坐宴听戏，吃酒行令，许多繁盛的场合，亦不少其身影。但黛玉最愉悦的，是大观园里结社吟诗的时光。张潮的《幽梦影》有云：“所谓美人者，以花为貌，以鸟为声，以月为神，以柳为态，以玉为骨，以冰雪为肤，以秋水为姿，以诗词为心，吾无间然矣。”

而黛玉之身，毫无脂粉气，她有着诗性之美。婉约，清澈，灵秀，她有秋水之姿，明月之态，竹的高洁，诗的典雅。她的悟性不输宝钗，也不输栊翠庵修行的妙玉。奈何情字磨人，那被幽禁的灵魂，如何超脱？她深知，潇湘馆只是暂居之所，她来时无痕，走时无影。这棵绛珠仙草，来凡尘走一遭，不曾沾染丝毫的世味，又如诗一般，飘忽而去。

我亦喜读王维的诗，仿佛任何时候，皆可入境。闻风赏雨，临竹抚琴，茅檐煮茗，静坐修禅，其间的妙意，唯有隐者自知。万物有灵，静为大美，任何繁复与修饰，有一日都将被省略删去，只余俭朴与纯一。

我心素已闲，清川淡如此。王维住进了他的终南山别墅，修身养性，万事不再关心。一如我静守梅庄，佳人遗世，不问朝夕。人生百年，行万里之路，观千般风景，疏疏密密，聚聚离离，所需的，也只是茅舍一间，清茗一盏，素心一枚。

一期一会，一茶一诗，自当珍惜

《寻陆鸿渐不遇》　皎然

移家虽带郭，野径入桑麻。
近种篱边菊，秋来未著花。
扣门无犬吠，欲去问西家。
报道山中去，归来每日斜。

开间茶馆吧。在某个临水的地方，不招摇，不繁闹。有一些古旧，有一些单薄，生意冷清，甚至被人遗忘。这些都不重要，只要还有那么，那么一个客人。在午后慵懒的阳光下，将一盏茶喝到无味，将一首歌听到无韵，将一本书读到无字，将一个人爱到无心。

多年前，我便说过要在江南某个临水的地方，开一间叫茶缘过客的茶坊。所为的是众生可以在一壶茶水中，洗去浮尘，得以安宁地栖息，筑一个优雅的梦。之后，我结缘过几家茶舍，亦讨过别人的茶，总能喝出不同的世味，或暖或凉，或悲或喜，又到底无法入心。

尘世知音少，我要的那盏茶，能给得起的人，真的不多。茅檐听雨，玉壶买春，仿佛是我一生最美的梦。其实我的茶馆，它一直在，在临水的居所，在幽清的梅庄。只是不被人知，非我没有大爱，流年匆急，我竟忘了该如何与世人从容相处。

当年杜甫在成都草堂写下："安得广厦千万间，大庇天下寒士俱欢颜。"我心恬淡安静，对众生虽怀悲悯，却薄弱如风，纵是一盏茶，亦等候有缘人共品。若无，宁可一人静坐花影下，焚香煮茶，与光阴相望相安。

人言黛玉孤僻，妙玉胜之。妙玉在栊翠庵修行，素日打坐喝茶，诵经听禅，简单清净。大观园里吟诗结社，吃酒行令，皆不见其身影。只是偶尔与惜春下棋，此外再少与谁有交集。可以推心置腹的，也只是栊翠庵里的几株红梅。

那日，贾母带了刘姥姥等众人去栊翠庵喝茶。妙玉是品茗的行家，对茶之水，茶之器，皆有讲究。她心性高洁，刘姥姥喝过的成窑茶杯，她弃之不用。又煮茶酬知音，取五年前在玄墓蟠香寺收得的梅花香雪，共得鬼脸青的花瓮一瓮，不舍独尝，趁此良机与人共享。

"惟雪水冬月芷之，入夏用乃绝佳。"妙玉爱茶，爱煮茶之水，爱品茶的器皿，更爱与之饮茶的人。她才华馥比仙，气质美如兰，不知好高人

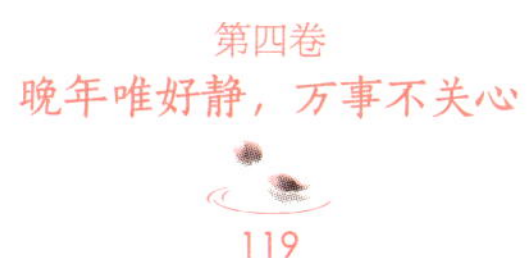

愈妒，过洁世同嫌。但这样一个女子，如诗如茶，其心，其情，其性，远胜高人雅士。

茶之源、具、造、器、煮、饮、事、出、略、图，这些，皆源于陆羽所著的《茶经》。陆羽为唐代著名的茶学专家，被誉为茶神、茶圣。他一生嗜茶，精于茶道，于草木中参禅，在茶汤中出尘。

陆羽自幼被遗弃，为龙盖寺住持收养，在庙宇识字煮茶。后不愿皈依佛法，落发为僧，便远离寺院，去了戏班子，做了个伶人。因其貌不扬，又有口吃，于梨园戏班难以安身。之后，便出游江南各地，品茶鉴水，吟诗论文，钻研茶事，悠然自得。

“不羡黄金罍，不羡白玉杯；不羡朝入省，不羡暮入台；千羡万羡西江水，曾向竟陵城下来。”他不羡王侯，隐居山间，寄情山水，独行乡野，采茶觅泉，闭门著述《茶经》。他因茶而隐，因茶而雅，亦因茶而闲，更因茶而静。

千年前，某个清秋时日，诗僧，亦为茶僧的皎然，去寻访好友陆羽。皎然，唐朝高僧，为南朝山水诗创始人谢灵运十世孙。他年长陆羽十余岁，二人却因茶结缘，时常聚集一处，品茗参禅，吟咏山水。皎然对佛法修为造诣很高，一生游历名山大川，尝饮千江之水，惯看世事风云。

也许，对茶的研习，皎然不及陆羽深刻，但他杯盏里的茶，更多几分空灵，几许禅意。月下读经，窗下煮茗，他将修行所悟出的茶理、茶道，

与陆羽交流，使陆羽的《茶经》不仅蕴含山水之情趣，更深藏禅之意境。茶让人清醒，消解尘世烦恼，如坐云端，如临水岸，知天下所有事，亦可忘一切忧。

陆羽新隐的居所，离城不远，却也是幽静难寻。走过一片乡野小径，于桑麻丛中方能看到简净的农家小园。篱畔种满了菊花，许是因新迁而种，虽已秋至，却尚未开花。他轻叩门扉，无人应答，连犬吠之声亦无。

驻足片刻，于院外赏景，似闻茅舍里飘荡悠悠茶香，转而淡去。诗人眷念不舍，转身去询问屋侧的邻居，邻人回答："山中去，归来每日斜。"邻人似对陆羽的行踪捉摸不定，只道他每日寻山问水，采茶制茶，徘徊于山野陌上，日黑兴尽，方肯归家。

这就是陆羽，不以尘事为念，不慕虚名浮利，有着隐士超脱的情怀和风度。而皎然对佛学、茶事之心，亦不输于他。他们亦僧亦佛，亦茶亦诗，亦游亦隐，在风流洒逸的大唐，甘愿淡泊出世，高蹈尘外，令人钦慕。

世人眼中遥不可及的名利场，高深莫测的禅，不过是篱院小径的一丛桑麻，檐角下的一束菊花，是一壶乡野的茶，几声犬吠，几户农家。有人用一生心血去攀附名利，有人则耗尽一生还一段情债，也有人辗转在烟火红尘不知所以，有人于古刹庙堂修行坐禅，更有人用一世辰光，只为细品一壶茶。

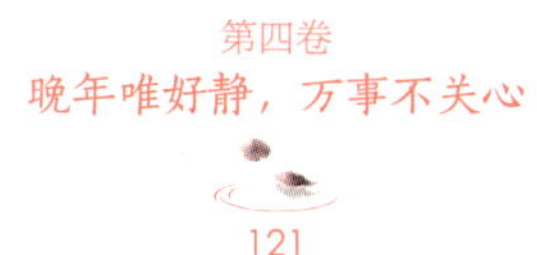

一盏茶，在商人眼中是利，在政客眼中是权，在文人眼中是闲，在僧者眼中是禅，在情人眼中是爱。万物众生，千古之事，皆落在一杯茶中。茶可以让玄妙转为朴素，将繁复转至简约，令相离的再次重逢。

秋风日暮，不知后来皎然是否在门庭外等候流连山水的陆羽？想来是等的，不为彼此间深厚的情意，也该为灯火下那一盏久违的佳茗。当年伯牙子期弦上遇知己，而皎然和陆羽则是于茶盏中推心置腹。

“一饮涤昏寐，情来朗爽满天地。再饮清我神，忽如飞雨洒轻尘。三饮便得道，何须苦心破烦恼。此物清高世莫知，世人饮酒多自欺。愁看毕卓瓮间夜，笑向陶潜篱下时。”茶，南方嘉木，宛若佳人，清淡且沉静，香气熏人，四时皆宜。

也许有一天，那间叫茶缘过客的茶坊，会落在江南江北许多有水的街巷，或是云深林幽的山间。又或者，此一生都在无人得见之所，独自煮一壶寂寞却安静的茶。

若可以，愿用一世修行，换取一段与你共饮一盏清茗的缘分。人与人之间的情缘，亦如茶，简单美好，一期一会，一茶一诗，自当珍惜。

晴耕雨读，盛世无惊

《阙题》　刘昚虚

道由白云尽，春与青溪长。
时有落花至，远随流水香。
闲门向山路，深柳读书堂。
幽映每白日，清辉照衣裳。

摘一碗盏的花，再泡一壶清茶，每个夏日，又或每一天，都在重复着一种简单的姿态。这些在别人眼中静美安好，甚至难以企及的生活，于我却是如此平实清淡。按照自己喜好的方式，过完这一生。择一山水清幽处，结庐而居，远离浮华，便是此生最好的福报。

那日读句，“愿你出走半生，归来仍是少年”，心中掠过一丝温柔，继而又这般平静，无欣喜，更无悲意。其实，每个人都要将人世沧桑过尽，那种铅华落去的平淡，更让人觉得安然。我内心虽有执念，甚至叛逆，却还是想做个婉顺的女子，每日于庭前花下，读书吃茶。

以文结缘，是心中所喜，亦为谋生。这些年，总在别人的诗句里写着仄仄平平，于别人的故事里写尽离离合合。难免心生倦意，却又成了一种模式，无可更改，亦不想更改。离了书卷，离了草木，离了最爱的这盏茶，人生又有何趣味，有何欢喜？

我的世界简净清明，无名利交错，无仙佛往来。虽处红尘，却自辟蹊径，寻求另一种淡远。稍一得空，便静坐冥思，泡一碗茶，有时在唐人的诗句里消磨光阴，有时又在宋人的词卷里洒然悠闲。又或什么都不想，看溪桥花影，白云舒卷。

以往喜宋词，清丽多情，虽有哀怨，却不锋芒毕露。近日读唐诗，更觉简静清安，多少佳句天成，妙不可言。世人不忘营营，但每个朝代，都有隐者。人文孤高，亦盼着多年孤影寒窗，有朝一日占得虚名，不负此生。而后，或潜心修行，掩门读书，或归隐林泉，出走江湖，都不觉虚度时光，不惊惧伤悲。

“道由白云尽，春与青溪长。时有落花至，远随流水香。”我梦中的居所，又如何不是诗人笔下的幽境。都说大隐隐于市，于喧闹中守一份简约宁静，是为大隐。我之梅庄，虽处绿芜深处，却不免烟火迷离，素日掩门遗世，无人往来，亦可闻流水花香，有修竹拂风，飞燕穿檐，白云踱步，明月敲窗。

古人寻幽，闲隐，尚找深山空林，涧水荒野，如此方不受外界侵扰，避免世态浇漓。多少人处纷繁而不生浮躁，落红尘而不沾世故，得富贵而

守清贫。真正修心之地，仍是林泉隐蔽之处，青山碧水，云烟萦绕，偶有樵夫经过，山僧往来。

山路婉转，被飘浮的白云隔断于尘境之外。仿佛走过去便是另一方净土，无浩荡世事，也无名利争斗，更无战乱杀伐。遍地春光，宛若青溪，流之不尽，悠长得没有尽头。花随流水，散发着清淡的芬芳，弥漫了整座山野，令人心旷神怡。

诗人去往哪里，又所寻何人？是去拜访一位山中隐士，还是一位失散多年的故人，抑或仅是一次美丽的路过，一段没有邀约的相逢？“闲门向山路，深柳读书堂。”可见山间的主人，甚喜观山戏水，量晴裁雨，他将门设于闲静的山路，是为了观山，还是在等候有缘人？

满庭的翠柳依依枝影于春风下，曼妙生姿。而主人的书斋则掩映在柳影间，更觉清凉。他也许是一位淡泊的诗客，远僻凡尘，在此劈山置宅，植柳修庭。为避朝乱，躲世情，也或是于此修身养性，陶然忘机。

唐人常建有诗：“曲径通幽处，禅房花木深。”亦是去寻幽参禅，此诗虽不落禅字，却有禅意。古人喜于深山修建宅院，素日里邀约知己一起把酒吟诗。王维在朝为官时，仍不忘闲隐，在终南山修别墅，与诗客聚集竹林，抚琴吟唱，诗酒年华。

植柳栽竹，种梅养兰，全凭主人所喜。自古隐者多心性孤高，所来寻访的客人多是知己良朋，凡夫俗子怕是入园讨碗清茶亦是不能。山中岁序

闲适，不知年岁，天下之事由天下人管之，又与他何干？

“幽映每白日，清辉照衣裳。”阳光穿过柳荫，清幽的光辉透过垂枝的缝隙，落满衣裳。如此清幽静谧之所，气候怡人之季，让诗人流连忘返，不舍离去。全诗不沾情缘，唯写景致，却诗韵婉转，妙境难言。

王国维在《人间词话》里写过：“一切景语，皆情语也。”自然山水之语，清新婉转，无须言说，却胜过人间情意。古人写诗，多抒景寓情，借物传心。许多诗句，看似浅显直白，却妥帖绝妙，深抵人心。

此诗《阙题》，即缺题。想来当初诗人写此诗，必是有所交代，经时光徙转，下落不明。然诗中佳句却不因时移，似白云青溪，悠悠千古，消散不尽。诗人刘昚虚，性高逸，不慕荣利，多交游山僧道侣。而他寻访的友人，也是一位高深的隐者，雅致清洁，方会闲居山间，不问尘事。

史上对于作者的记载不多，盛唐诗人，生卒年不详。一说江东人，今考订为洪州新吴（今江西奉新）人。八岁能属文，上书，召见，拜童子郎。他“虽有文章盛名，皆流落不偶”。他与孟浩然交谊甚深，曾写诗寄之。其诗题材、意境和孟浩然之诗风颇有相似，只是淡远自然中，更多几分其独有的闲趣。

“道由白云尽，春与青溪长。”他之诗韵，以及和友人的情意，也如这千载白云，万古青溪，萦绕不息。人生是一场缘分，樵夫与琴客可为知音，王侯和渔夫可论天下，名相和凡夫可以一同归隐。千百年来，多少人

追名逐利，耗尽华年，到最后，纵算坐拥山河，又难忘林泉野径。

达则兼济天下，穷则独善其身。天下纷纭浩荡，你所能做的，亦只是自身清好，又怎可与芸芸众生同哀乐，共生死？千百年来，江山易主，历史经受了多少沧桑变故，到最后，依旧是天下太平，盛世无惊。落花清溪，垂柳斜阳，没有兴亡成毁，没有炎凉恩怨，天地明朗，风日无猜。

人生难得糊涂，又何必时刻以清醒自居？纵遇无常，遭灾劫，也会坦顺走过。如梦世事，秦汉里的风景，以及唐宋里的人物，皆随残照轻烟，消逝湮灭，不复与见。

煮一壶茶，等候一位久别重逢的故人

《谷口书斋寄杨补阙》　钱起

泉壑带茅茨，云霞生薜帷。
竹怜新雨后，山爱夕阳时。
闲鹭栖常早，秋花落更迟。
家童扫萝径，昨与故人期。

江南雨日，若是往常，我会斜倚在榻上听雨，什么也不做，什么也不想，只贪恋这细雨清晨的美好时光。今时总惧流光催急，怕误了早春存下的那一壶新茶，怕误了庭园里每一朵花开，又怕错过了某个久未重逢的故人。

与你相逢在这清凉多雨的初夏，一如我悄然远去却美好依旧的年华。

其实，我爱这初夏的清凉，爱这个季节淡雅出尘的茉莉，以及栀子花洁净沁骨的芬芳，还有雨后翠竹的雅逸，满树合欢的喜乐。

初夏，一缕擦肩而过的凉风，一帘不与人言的细雨，一段无处藏掩的心情，一席诗情画意的茶事，都让人心动不已。

每个人都有一处安放灵魂之所，或是绿植欣欣的庭院，碧波悠悠的水岸，或是山村小户，闾巷人家，哪怕一扇清幽的闲窗下，一间简陋的茅檐，都可以安身立命。内心的丰盈和满足，足以令一个清贫之士安逸无忧地度过一生。

当年，曹公著《红楼梦》，于乡野人家，陋室深处，风餐露宿，朝不保夕。但他心藏万千锦绣，文采风流洒逸，纵落魄江湖，流离市井，亦不屈不挠，书写百世文章。他可以将简约朴素的茅屋描绘成花柳繁华的大观园，亦可将粗茶淡饭化作玉粒金莼。他心中富庶，有诗有茶，无须与谁相争，更不必向世人证明什么。

人世风景，匆匆而过，没有谁能留住一朵花开的过程，珍藏四季变幻的风云。不过在有生之年，依照自己所喜，一清二白，洒然快意地活着。古人修庭理院，栽花修草，多为寄情抒怀，修养心性，庭院是他们休憩灵魂的后花园。在庭院里，煮茶弄花，赏晨光，送烟霞，看鸟雀欢唱，或闲扫芳径，等候一位相约已久的故人。

于花影下，读钱起这首《谷口书斋寄杨补阙》，恰如此时心情。“泉

壑带茅茨，云霞生薜帷。竹怜新雨后，山爱夕阳时。”茅屋书斋，当是他私人居所，远离喧闹，清雅绝尘。山泉沟壑萦绕，云霞映衬，墙院的薜荔，若多彩的幔帷。雨后新竹依依，叫人无限欢喜，晚山映照夕阳的余晖，落于庭院一角，一如欲说还休的心事。

“闲鹭栖常早，秋花落更迟。家童扫萝径，昨与故人期。”白鹭悠闲，亦不慕山外无边风景，眷恋这安宁幽静的巢穴，时常早归栖宿。就连秋花也比别处更有生机，知岁序珍贵，辗转流连人间光影，迟迟不肯落幕。童子知我有故人来访，殷勤地打扫藤萝小径，而昨日相约的故人，当会如约而至，不误佳期。

人世间的情意，有缠绵的男女情爱，也有友朋之乐。和爱慕之人于花前月下私语呢喃，郎情妾意，是温暖，也是幸福。约上三五知己，在树影闲窗下，煮上一壶好茶，赏景论诗，亦为人生乐事。若尘世无所爱之人，亦无知音，便守着一株梅花，一竿翠竹，一院藤萝，一地青苔，亦有雅趣，亦为闲情。

钱起，天宝进士，曾任考功郎中，故世称钱考功，与韩翃、李端、卢纶等号称大历十才子。功名之路，平坦无波，其诗名亦盛，长于五言，文辞清丽，音律婉转。因与郎士元齐名，世称“钱郎”。人为之语曰：“前有沈宋，后有钱郎。”

钱起之诗多为赠别应景，流连风景，粉饰太平之作。他的诗作风格清丽，纤巧灵秀，长于写景寄情，极少伤乱感时，批判现世。他的许多佳句，皆流淌在其故山草堂，于山中书斋。虽入仕为官，仍不失文人之雅兴，居林泉深处，爱窗前的幽竹，墙院的藤蔓。

另有一诗："谷口春残黄鸟稀，辛夷花尽杏花飞。始怜幽竹山窗下，不改清阴待我归。"可见诗人对故园草木的深情，然幽竹亦有心，痴心等候它久别而归的主人。任凭官场起伏跌宕，人情冷暖寒凉，他的庭园四季清幽。纵是花木随春而去，与时浮沉，终不改其淡泊初心。

雨后翠竹，清新可喜，山光水色，深绿红紫，赏心悦目。在此清幽雅致的书斋，打扫庭除，设宴备席，煮茗待客。而这位故人一定要如约而至，方不辜负他一番盛情厚意。看似静谧之景，却静中有动，幽而不寂，清而不冷。诗中有水云之色，花鸟情态，入景含情，亦见诗人对尘世知音的渴求。

杜甫曾居四川成都草堂，过了一段暂忘浮名，不理政事的简约朴素日子。写下："花径不曾缘客扫，蓬门今始为君开。"草堂简陋，素日里不曾为客扫过花径，柴门亦不曾为客开过，今时则扫径迎客。草堂远僻闹市，无美酒佳肴，只能备上几道寻常农家小菜，以及家中自酿的陈酒。短短几句，亦可见诗人的豁达与豪迈，虽力不从心，却浓情盛意，让人感动。

邀来邻翁，隔着篱院尽情对饮，在此山间草堂，哪管江山朝政，没有贵贱之分，富贵功名仿佛不值一提。纵是银钱万贯，隔世遥尘，亦无处享用。莫如取来清泉野味，对着明月溪山，与这渔父樵夫闲话家常。不去问锦绣河山谁主浮沉，不去想哪一年飘蓬流转，又会落入何处人家，看尽多少风云变迁。

人世知音，不分贫富，不问贵贱，只要心性相投，意趣相通。哪怕只是一个平淡的举止，简单的眼眸，只是一支曲的缘分，一盏茶的光阴，或是一樽酒的乐趣，都值得珍惜。平生最怕承诺，也怕预约，情缘如梦，来来去去不由自主。

一盘棋局，等候千年，终觅不得解棋的知己。一道谜题，寻寻觅觅，终解不开其真正的谜底。繁花万千，亦需识花多情的过客；佳茗入盏，还要那懂茶惜缘的故人。世有知音，固然可喜，推杯问盏，共赏庭院花开，繁华世态。世无知音，亦不可悲，守着寂寂空山，冰弦冷韵，也可寄心托情。

有些人，宁可一生一世不要相见，隔着山云水岸，迢遥尘海，亦可相守相知。如此也好，不必顾及别人的情绪，在意别人的冷暖，没有纠缠，便不生烦扰。有些人，只是初见，便如故交；有些人，朝暮相处，却形如陌路。一切因缘和合，皆有安排，皆有定数。

寂寥之时，便打扫庭院的花径，煮一壶清澈的好茶，等候一个心意相知的故人。他来与不来，留或不留，已然不重要。

我有一瓢酒，可以慰风尘

《简卢陟》　韦应物

可怜白雪曲，未遇知音人。恓惶戎旅下，蹉跎淮海滨。
涧树含朝雨，山鸟哢馀春。我有一瓢酒，可以慰风尘。

我有一瓢酒，可以慰风尘。前些时日，这两句诗风靡了网络，并且被许多才子佳人续写。所吟咏的诗句，有的风雅无边，有的寥落沧桑，有的豪迈洒然，还有的感伤悲凉。试想着，一个人走在苍茫的天地间，孤独落魄，而一壶酒足矣慰藉风尘寥落，洗尽旅途的困顿疲惫。

自古文人喜酒爱茶，无论是手捧诗书坐于寒窗下，还是沦落天涯，辗转山河，皆少不得一茶一酒。茶能养性，而酒能浇愁，旧时长安，酒肆如云，多少文人雅士，剑客游侠，在市井买醉，忘记归程。一壶酒，可以解忧，可以断情，可以洗去风尘，可以抚平沧桑。

曹操有诗："对酒当歌，人生几何！譬如朝露，去日苦多。"他的酒

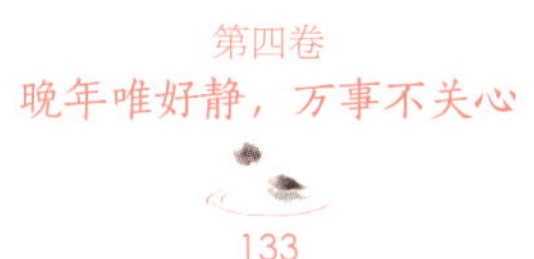

有风云之气，虽感叹流光易逝，却遮掩不住他的雄才伟略。光阴如水，日月如梭，唯对酒高歌，方能消解忧愁。他愿礼贤下士，天下英雄豪杰皆真心归顺于他，坐拥山河。人处富贵，则思清贫；得天下，则思淡泊。

李白的酒，多了一些浪漫和孤独，一种不合时宜的感叹。“花间一壶酒，独酌无相亲。举杯邀明月，对影成三人。”他是才华横溢的诗仙，是仗剑江湖的侠士，落魄在长安酒铺，也笑傲于大唐宫殿。醉后佯狂，天子唤他不早朝，杨国忠为其端砚，高力士为他脱靴。繁华散场，最后伴随他的，也只是一壶酒，一叶可以捞月的孤舟。

苏轼的酒则飘逸洒然，他饮酒高歌：“明月几时有，把酒问青天。不知天上宫阙，今夕是何年？我欲乘风归去，又恐琼楼玉宇，高处不胜寒。”他说，宁可食无肉，不可居无竹，他是爱茶爱酒，也爱他的东坡肉。他一生虽宦海浮沉，却也洒脱豪迈，放逐天涯，有诗酒做伴，佳人相随。

还有那么一个女子，曾用她的词惊艳于宋朝的天空。她喜酒爱词，通音律好金石，与丈夫赵明诚恩爱情深，赌书泼茶，饮酒填词，风雅不尽。后金兵南犯，赵明诚死，她流亡飘零，晚景凄凉。“三杯两盏淡酒，怎敌他晚来风急。”那时的酒，悲戚苦闷，而她亦是瘦比黄花，再没有往日的绰约风姿。

韦应物说，我有一瓢酒，可以慰风尘。这位山水田园诗人，诗意恬淡高远，清新自然，他的一生却不是这般闲淡安逸，居官场数十载，摆脱不了功名。一入仕途，焚香闲静的时日太过短暂，观山戏水亦只是匆匆而过。

韦应物是京兆万年人。韦氏家族自汉至唐，才人迭出，衣冠鼎盛，为关中望姓之首。《旧唐书》论及韦氏家族说："议者云自唐已（以）来，氏族之盛，无逾于韦氏。其孝友词学，承庆、嗣立为最；明于音律，则万石为最；达于礼仪，则叔夏为最；史才博识，以述为最。"韦应物则是韦氏家族中，作为诗人成就最大的一位。

韦应物的诗，以五古最为精妙，语言简洁朴素，诗意自然淡雅。因做过苏州刺史，世称"韦苏州"。直至苏州刺史届满后，韦应物再未得到新的任命，自此清贫落魄，暂居苏州永定寺，不久便客死他乡。那壶足以慰藉风尘的酒，亦填补不了他的孤独和寂寞。

"可怜白雪曲，未遇知音人。恓惶戎旅下，蹉跎淮海滨。"自古文人皆清高冷傲，落于尘网，寄身人海，总感叹世无知音。此刻的诗人，抚奏高雅之曲，却遇不到听得懂琴音的知己。他在寂寥又忙碌的旅途中，虚度光阴。若此时得遇一知心，伴他漫漫行途，与他饮酒对诗，纵是耗时费景，又有何妨？

"涧树含朝雨，山鸟哢馀春。我有一瓢酒，可以慰风尘。"草木犹沾晨露，残余的春色，仍闻得山鸟鸣叫，人生虽不称意，自然山水却有心。尘世奔走，既无知音，亦无佳人做伴，唯有一壶酒，可以安抚旅程的劳顿，慰他风尘漂泊。

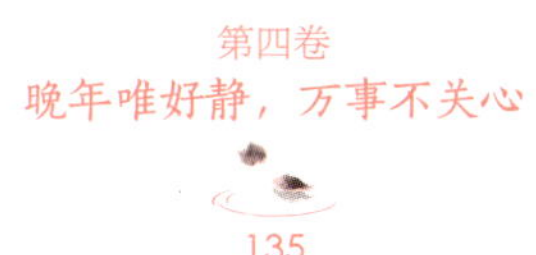

“春潮带雨晚来急，野渡无人舟自横。”他的人生，一如他的诗，有一种天地寥廓的苍茫与远思。他虽困于官场，却独爱山水田园，他或许失意潦倒过，却离不开诗酒。他的酒有淡泊超远，也有孤寂低沉，他的酒可以涤荡人世风尘，却洗不尽岁月沧桑。又或许他亦有理不开的情丝，酒入愁肠，化作相思泪。

“人生如寄，多忧何为？今我不乐，岁月如驰。”人生如寄，又终有所寄，或寄于情爱，或寄于名利，又或仅仅只是寄于薄弱的光阴。我们都是陌上客，舟中人，看山看水看花看月，终脱不了碌碌凡尘。所有的愁惧苦闷，有一日，都会随辰光一起消散，那时候，留下来的又会是些什么？

坐拥江山，不及坐拥山水那般洒脱自在；享用富贵，不及享用风月那般逍遥快意。人生苦短，寸阴皆值得珍惜，亦可随意挥霍。有人不慕功名，愿做散淡闲人，一生寄傲山水，饮酒自乐。竹林七贤与陶渊明的酒，则在竹林深处，东篱南山，他们虽在酒中沉醉，却一直清醒着。

这世上有解忧酒，也有名利酒，有相思酒，也有断情酒。都说如鱼饮水，冷暖自知，酒亦如此，一壶佳酿，可慰风尘，也许更添惆怅。有人饮下，千古情愁尽消，有人饮下，则心碎断肠。

“滚滚长江东逝水，浪花淘尽英雄。是非成败转头空。青山依旧在，几度夕阳红。白发渔樵江渚上，惯看秋月春风。一壶浊酒喜相逢。古今多少事，都付笑谈中！”最喜《三国演义》开篇《临江仙》。词句豪迈悲壮，深沉清远，仿佛诉尽了千古成败兴亡，爱恨情怨。一世追名逐利，机

关算尽，到最后，也不过成了渔樵闲话，抵不了一壶浊酒。

我有酒，你有故事吗？其实每个人都有故事，只是许多故事，连同历史被湮没在尘埃里，不为人知。又或许宁愿将所有的故事藏在一壶酒中，也不轻易与谁交换心事，吐露衷肠。酒是喧闹的，也是寂寞的，你倾尽杯盏，也未必能遇见今生那个值得珍惜的人。

我有一瓢酒，足以慰风尘。可怜白雪曲，未遇知音人。

山南水北，此生相逢无期

《商山早行》 温庭筠

晨起动征铎，客行悲故乡。
鸡声茅店月，人迹板桥霜。
槲叶落山路，枳花明驿墙。
因思杜陵梦，凫雁满回塘。

晨起，打理庭园花草，焚香煮茗，满室芬芳，仿佛读一册《花间集》。其间有闺情，有艳意，婉转中带一些直白，欣然中又有一些愁思。这看似雅致闲淡的日子却是用过往迁徙流转所交换的。其实，人生所做之事，亦皆为尘俗之事，古来多少诗者词客，一生风花雪月，文人情怀，最后都抵不过粗茶淡饭的简净生活。

幼时所愿，是远离民间村落，涉水跋山，去探看天下世界，山河风景。晓行暮宿，山回溪转，披星戴月，也曾寄身于柴门人家，茅檐驿站，所为的，只是在某个喜爱的城市寻一处居所，可以安放寂寞的灵魂。存一点诗情，染几许烟火，诉几段离殇。

岳飞说："白首为功名。"旧时游子远离故土，多为求取功名，奔走于古道驿外，怅然于京华。更有胸怀大志的英雄，驰骋无穷天地，指点江山，留下多少慷慨悲歌。我们皆是光阴之过客，无论你是安居现世，还是行走江湖，一生皆在寻找心灵的故土。

恃才傲物，是文人通病。稍得机会，便"天子呼来不上船，自称臣是酒中仙"；稍有气势，便"乘风破浪会有时，直挂云帆济沧海"。这亦是文人的傲骨，于红尘浊世，守着清品，不与凡俗为伍，是一种情操。

有着如此高洁情操，便不肯摧眉折腰，不会趋炎附势，视虚名浮利为烟云。然而，这般素净情怀，让心中灵思化作汹涌笔墨，却不免抵触权贵，惹人嫌弃。文人背后隐藏的故事并不多，无非是不与世争的酸楚，不入俗流的骄傲。这一切本习以为常，只是人生在世，到底有所求，有所争，多少文人高才如许，不得施展，内心终难平息。

怀才不遇者，时常写文讥讽权贵，著诗寄志。温庭筠是花间派词人，他不仅善词，亦善诗。诗与李商隐齐名，世谓"温李"；词与韦庄齐名，世谓"温韦"。才思敏捷与否，亦是古代评判才力的标准之一，"倚马可待""七步成诗"都是高才的光环。

而温庭筠每次入试，八叉手而成八韵，得了"温八叉"之名。然他因恃才不羁，触恼权贵，屡试不第，终生不得志，落魄潦倒。他本出身没落

贵族家庭，惯看物是人非，尘寰消长，对世事亦怀消极之态。他沉湎于声色之中，所填之词多为红香翠软，艳丽之风，弥漫于晚唐的天空。

王国维在《人间词话》中提到：温飞卿之词，句秀也。温韦之精艳，所以不如正中者，意境有深浅也。温庭筠的诗又是另一番风骨，另一种情调。

这首《商山早行》，写的是羁旅之愁，有困顿，有失意，有无奈，也有孤寂与悲苦。此诗该是他离开长安，奔赴襄阳，经过商山之时所作。这时的温庭筠，经半生颠沛流离，未逞鸿鹄志，未饮长江水，甚至连个正经出身都没。

到了这年岁，本该归去山林或田园，做个闲人，一张琴，一壶酒，一溪云。然迫于生计，温庭筠只好去投靠别人，做个小官。如此身份，与当初讽刺权贵，才比天高，似有天渊之别。人的一生沉浮有定，却又一直在茫茫世海挣扎，力图颖悟超脱。但世事难全，最后多是妥协，往日的豪情壮士一去不复返，剩下的唯有顺应天命。

“晨起动征铎，客行悲故乡。”古人行路，皆是赶早先行，未暮先宿，只因路途之上多是荒无人烟之所。若赶不上茅舍驿站，即要栖身山林，或寄于荒野。晨起，车马急促的铃声惊醒了行客未醒之梦，而他们又要踏上飞尘，开始新的征程。

苍茫天地，有些行客甚至不知该去往何处，归去何乡。山长水远，

一路奔赴，内心所思的，依旧是千里之外的故乡，是梦了千百回的亲人。依稀记得小窗幽梦，慈母绾着针线，织就游子身上衣。年轻的妻子对镜梳妆，今时已是红颜老去，而他始终流离于外，不得归乡。思乡之气，思亲之痛，越悲越浓。

“鸡声茅店月，人迹板桥霜。”远处鸡鸣声声，催促着远行的旅人。残月依稀，透过茅店的窗台，洒落一点寒辉入室，照着旅人的衣衫，是慰藉，也是叹息。足迹斑驳，木板桥上，覆盖着早春的寒霜，零落苍凉的印象。

这世间奔走流离，迫于出走故里的，又何止你一人？多少人于忧患惊惧中求生存，他们所要的，不是荣华富贵，仅仅只是一茶一饭的简约生活。人世之事，虽说都是好的，却又九曲回肠，不尽人意。似这茅店晓月，板桥寒霜，终要消逝湮灭，不留痕迹。

“槲叶落山路，枳花明驿墙。因思杜陵梦，凫雁满回塘。”槲叶枯败，落满了荒山野径，淡白的枳花绽放于驿站的墙院上，寒冬犹在，春风未浓，更添萧索。回念昨夜梦回杜陵，寻步春光，河塘水暖，凫雁成群，这一切皆被鸡啼惊扰，客醒梦断，愁思绵延。

温庭筠虽是山西人，但久居杜陵，已视之为故乡。科场失意，年近五十再为生计出任一小小县尉，心中自是百感交集。梦里春风亭园，浅吟低唱，多少诗情画意，成了当下的委曲求全。他的困惑迷惘，冷暖交织，唯有自知。

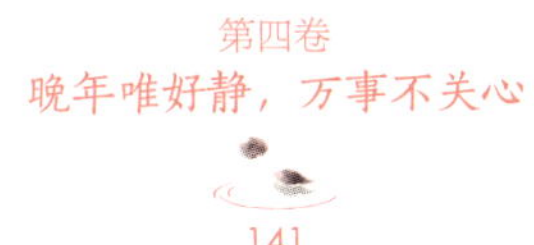

旅思，是霜林寒山，斜阳低垂的行处；是画角城头，唯伴病马的忧愁。试想，一人一马，孤单地行过江湖，路无相识，是何等悲凉况味。今时的你我，往来奔走于人世阡陌，皆被繁华占据，不能体会当年荒林郊野的寒凉，亦无法感知那时鱼雁寄心的温情。

数载别离，几行墨书，半篇心语，即知苦乐悲欢，起落生死。更何况是匆匆旅行间那些藏于内心深处，无法传达的消息。从幼时的离乡，求学异地，之后为生计奔走，到当下的暂将身寄。回首匆匆，世景荡荡，多少败落虚空，多少心事沉沉，是人世的苦难，亦为庄严。

又或许，今时的旅途是一种快乐和消遣。放下万千俗事，不理人间是非，来一场说走就走的旅行。千里之遥，山南水北，只消一盏茶的时光。去自己所喜的城市，与自己所爱的人相逢，不过刹那光景。而古代，有些城一生只去一次，便无重聚之日；有些人一生只遇一回，便再逢无期。

在遥遥无期的岁月里，求现世安稳，是一种执念。但此生纵世事荒芜，人心恍惚，命运叵测，亦不生哀意，亦觉美好。

曲径通幽处，禅房花木深

《题破山寺后禅院》　常建

清晨入古寺，初日照高林。
曲径通幽处，禅房花木深。
山光悦鸟性，潭影空人心。
万籁此俱寂，但余钟磬音。

有一段时日，我眼中万物皆有佛性，皆有禅意。庭园的草木，屋舍的摆设，一花一茶，一水一尘，以及门外熙攘的人群，纷纭的世态，皆是禅。禅的世界，当是简洁明净，不受惊扰，一枝一叶都清朗通透，清淡却不浅薄，自然而不浮华。

禅是一种境界，尝过了世味，经历了浮沉，内心如洗，不受纷扰，从容无争。禅是放下，也是舍得，是静好，更是淡定。禅与繁华无关，清简的日子，见其风骨。一间竹舍，一角茅檐，一壶春水，一枚落叶，皆是禅。

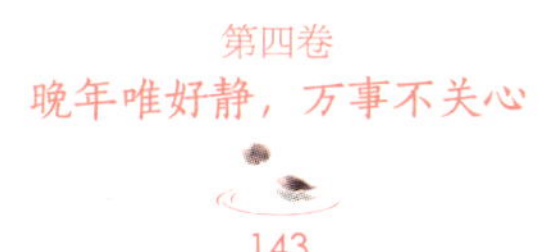

这些年也曾走过无数名山古刹，邂逅许多隐士僧者。亦去往一些不知名的幽深寺院，与梦过千百回的风景重逢。若说红尘万千，还有什么值得依恋的，大概就是山水草木，以及一些植于灵魂深处的静谧。

俗世中亦有许多人爱上禅意的生活。偷得浮生半日闲，不理纷芜的世事，于简净的屋舍里焚香煮茶，静坐修行。内心平静，无名利贪嗔，无执念烦扰，无愁惧哀伤，不论窗外风雨琳琅，山河浮沉起落，只在属于自己的安静角落，清守禅的宁静。

若说光阴无情，是因你在意它的稍纵即逝，在意它的迷离变幻。时光不言，在禅的境界里，草木不生不灭，浮云无来无往，尘世一切，大美皆安。行途中所遇见的风景，所发生的故事，都可以不问情由，无谓沧桑。而后想着，且以自己喜爱的方式过一生，如此是大慈，亦为大悲。

“曲径通幽处，禅房花木深。”这两句来自遥远唐朝的禅诗，恰合当下的情境。午后，枕书而眠，好梦如烟。醒来徘徊不去的，是窗外浮动的光影，是人间未尽的芳菲。这个春天走得有些仓促，繁盛的绿荫，让人感知到夏日的浓郁。

以往亦知夏日的好，在每个清凉晨起时，以及明净午后，幽径之处，深藏着华丽。院内，有满庭攀爬的蔷薇，许多生生不息的植物，有凡鸟鸣虫，更有掩映在未知角落里的禅意。比如檐角下的一缕风，墙院下一枝横斜的影，转角处的一枚落叶，或是一湖静止无波的水。

当年诗人常建清晨登山，入兴福寺，看耸立的高林沐浴在和暖的晨光中。过竹林幽径，花木深处，是清净无尘的禅房。佛门之境，有鸟儿欢唱，有碧潭清流，万物岑寂，唯留梵音袅袅，洗去内心一切浮尘与俗念。

唐人殷璠对常建诗评论道："建诗似初发通庄，却寻野径，百里之外，方归大道。所以其旨远，其兴僻，佳句辄来，唯论意表。"历代山水诗，皆是风格高雅清隽，诗人的情境，有绝妙，也有平淡。语言构思上，可朴素简约，也可含蓄婉转，一切妙处皆在于诗人的修行与造诣。

这个叫常建的诗人，据说生于长安，开元十五年（727年）与王昌龄同榜进士。然一生仕途沉沦失意，来往山水名胜，漫游古刹庙堂。后隐居鄂渚，过着清寂闲散的生活。其诗自然洗练，其心卓然不凡，只是大唐的诗人灿若星辰，他不过是其间闪烁的一颗。

其最为著名的便是这首《题破山寺后禅院》。此诗景物清幽，意境深邃，诗人亦心性超然，于禅的光影中，淡出尘外。他也曾往返于仕途宦海，经历诸多不如意，此番游览更令他对世间清远之境追求。或钟情于山水，或清修于禅院，或隐于花木深处，游走于竹林径里，皆是一种旷达，是欢喜。

常建的诗多以山林、寺观为题材，可见其内心不喜繁华纷争，向往安宁平静。官场里的风云变幻，怎及山水清欢？红尘中萦绕的烟火，又怎及寺庙的檀香幽幽？万物终有一日归于尘泥，但此刻它们真实地存在，不因人世增减，不以时光生灭。

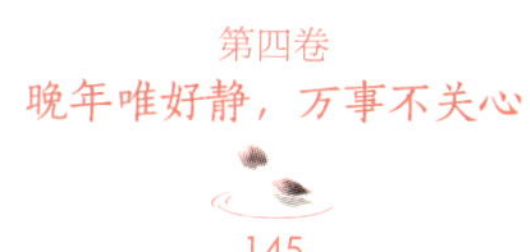

人在自然中，最是清白通透，于山水中参禅，远胜过处身于乱世浮烟。众生皆有佛性，有人悟得早些，有些悟得迟些。佛缘本无深浅，一切在于个人造化，万物虽是虚幻，却又与人相亲。你花费一生的光阴去追逐名利，到最后，想要的只是一茶一饭的清淡生活。

想来诗人了悟尚早，否则，他又怎会及时避身官场，移家深隐？茫茫尘海，无真正的安身之所，内心的宁和，需要一片清逸的净土。大唐的星空璀璨迷离，万象纵横，多少人为争名利，耗尽心神。仕途之路亦是荆棘丛生，更有艰难险阻，而修禅之路则明净高远，淡然无尘。

闲隐的岁月，可以不争朝夕，不管聚离。凡尘的恩怨是非，抵不过禅境里的一花一木，故人生走到尽头，是清醒，是简单，更是纯粹。世间事唯有经历了，才能真正通透，但要放下执念，则需历千灾百劫，遇沉浮起落。

倘若没有这首禅意悠然的诗，也许常建这个名字会被掩埋在大唐某个平淡的角落，无人知晓。但那些曾经风云于历史天空的响亮人物，到后来也不过是葬于斜阳陌上，黄土垄中。来往的皆是过客，与其匆匆地等候落幕，不如以缓慢的姿态悠闲地过完此生。

无论此时的你于尘世中是怎样一个角色，知不知名，有一日都会淡出人间，了无痕迹。千古之名，恰如烟火，虽生则灭，虽荣犹枯。他于仕途失意，于禅意却超然，他的人生无须繁花似锦，一山一水足矣。

我一生爱茶，爱山水，爱草木，爱闲静。不追名逐利，更无任何贪念之心，只愿安然于世，岁月无惊。倘若还有什么放不下，也只是一庭园的花木，一溪云，一席月，一帘雨，以及一段前世遗留下来的未了情。

若可以，我愿此心纯然，在禅意中寻求最后的归依和宁静。那些打我身边擦肩而过的人，无论缘深缘浅，欠或不欠，以后再不要相遇。

请许我守着一间落满青苔的小院，煮一壶没有人情与世味的老茶，平淡安静地过完一生。许我在一卷唐诗或一阕宋词的背景里，从容地走过寂寞又安适的流年。

第五卷

海上生明月，天涯共此时

茶烟日色，时光迢递已千年

《春宫怨》　杜荀鹤

早被婵娟误，欲妆临镜慵。
承恩不在貌，教妾若为容。
风暖鸟声碎，日高花影重。
年年越溪女，相忆采芙蓉。

唐人杜荀鹤有诗“风暖鸟声碎，日高花影重”，读此佳句，瞬间令人心旷神怡。恍若置于春风丽日之下，闻轻碎鸟声，看层叠花影。这样的风景落朴素民间，端然喜气，落深宫高墙，纵是美景良辰，终少了几分清新，多了几许哀怨。

后来，觉得人间最美的风景都在山野凡间。比如此刻于栀子花的花影下泡一壶茶，瞬间觉得乡野之气弥漫，沁心怡然，烦恼尽消。让你如临深山，于云烟雾绕之境，感受人世的清雅静美，岁月之朴实无华。

最喜山村茶烟日色，好时光迢递千年，而属于我们的却是短短数载光阴。燕子年年来堂前筑巢，江南多雨，瓦檐上始终那般洁净。墙院的新竹总有魏晋风骨，让人流连。日子简约，廉洁清好，燕语虫鸣，亦是天然妙韵，惊动人心。

《诗经》里有静女其姝，外婆在茉莉花下穿针引线，便是那里的静女。外公读《史记》《易经》，也知晓书中的世运天数不可逆转。他同我这般，更喜唐宋的诗风词雨，知礼而不拘泥，华丽而不轻薄，婉转而不柔弱。

我则是山村里的小小浣女，拂晓而出，清晨自竹林而归。而后再邀约邻女，于水畔池边采莲，绿罗裙似那荷叶，脸若芙蓉，三五一群，小舟缓缓，笑语连连。寻得并蒂，争相采撷，花影摇落，粼粼波光，映衬着采莲女婀娜的姿态，姣好的容颜。

读过许多宫怨诗，杜荀鹤这首《春宫怨》意境奇妙传神，耐人寻味。作者代宫人抒怨，哀婵娟悲贤才，自叹无人赏识，不受重用。文人望君门，有如万里之遥，而宫女处高墙内，受尽寂寞熬煎。

“早被婵娟误，欲妆临镜慵。”她本是农家之女，只因生于江南温婉之地，容貌清丽，美艳脱俗，被选入宫中。一朝得宠，冠绝后宫，恩泽不尽，随之而来的是消遣不去的烦忧与争斗。她对着铜镜顾影自怜，本想着趁这春日好时光打扮妆容，但知美貌误人，不免迟疑，懒于梳妆。

曾有感慨："今日在长门，从来不如丑。"相信任何一个女子都期待能够生得貌美如花，丽质天然。女为悦己者容，若只因貌美而入选宫中，又不被帝王宠幸，亦只是一种简单的摆设。莫如当初平凡，如此则居于小院农家，嫁个凡夫，过寻常男耕女织的朴素生活，好过年深日久，年老色衰，孤独终老。

"承恩不在貌，教妾若为容。"承蒙君王的宠爱，并不都凭容貌，既做不到献媚邀宠，钩心斗角，纵是精心妆饰又有何用？自古多少后宫嫔妃，得君王荣宠，有些凭借家族的势力，有些依靠个人的聪慧与姿容，但若不献媚使计，这恩宠终不得长久。许多宫人纵有幸承恩，其情亦短如春露，化作泡影。

古来多少帝王，唯美人与江山不可辜负。也许他可以为美人而忽略江山，但真到了取舍之时，宁负美人亦不弃江山。唐明皇李隆基，南唐后主李煜，清顺治帝福临，都是多情专情的帝王，但最后不仅负了美人，更误了江山。他之多情，又必然无情，想来后宫三千佳丽，多的是一入宫门误终生。

画堂深院，淡扫蛾眉，只为有朝一日得遇君王。哪怕只是一个简单的擦肩，哪怕不曾换取他的一次回眸，哪怕只低头打他身边走过，感受一丝他的王气，亦不算白来一遭。但这一切对于一个平凡的宫女来说是一生的缺憾，一世的悲寂。

"风暖鸟声碎，日高花影重。"春风骀荡，日丽风和，鸟语低碎，花影摇曳。如此美景良辰，亮丽春光，消遣不去内心的寂寞空虚。梦回芳草依依，天涯路远，何处是归程？若此生归处是这宫门深墙，又为何入宫经年，毫无机遇？姣好的容颜，终有一日会随着春花消逝，那时候又依靠什么去得到君王的恩宠？

“年年越溪女，相忆采芙蓉。”哀叹之余，总会想起少时乡间的女伴，回首当年泛舟采莲的欢快。多少欢声笑语，化作无人收拾的叹息。越溪，在浙江绍兴，为当年西施浣纱之所，此处则指宫女的故乡。她思乡了，若非貌美，她亦同邻伴一样，嫁与村夫，日子虽清苦，胜于独守这无涯的寂寥。

想当年，苎萝村里，郑旦和西施，若非她们绝色，亦不会随了范蠡去越国，之后更不会辗转至吴国。她们会在苎萝村做一辈子的浣纱女，无冷艳与轻愁，平凡简单地过一生。她们被献给了勾践，又带着使命去寻找吴王夫差，做了政治的棋子。

她们的宿命因美貌而改变，若当年范蠡打苎萝村走过，她们姿色平平，便不会有后来的故事。终其一生居于乡野山村，浣纱采莲，朴素静美。而诗人笔下的宫人，又何尝不是如她们那般，被姿容所误？既然不懂倾轧争夺，就安心在深墙花影下，孤独终老。

诗人杜荀鹤，字彦之，自号九华山人。他出身贫寒，多次上长安应考，不第还山，自此一入烟萝十五年，过着“文章甘世薄，耕种喜山肥”的生活。曾以诗颂朱温，后朱温取唐建梁，任以翰林学士，不久患重疾而亡。

杜荀鹤一生以诗为业，曾说："乍可百年无称意，难教一日不吟诗。"其诗语言朴素，风格清新，多写唐末战乱下的社会矛盾与民众的悲惨命运，亦擅长写宫词。他才华横溢，但壮志难酬，于诗坛亦算享有盛名。

《六一诗话》："唐之晚年，诗人无复李、杜豪放之格，然亦务以精意相高。如周朴者，构思尤艰，每有所得，必极其雕琢，故时人称朴诗'月锻季炼，未及成篇，已播人口'。其名重当时如此，而今不复传矣。余少时犹见其集，其句有云'风暖鸟声碎，日高花影重'，又云'晓来山鸟闹，雨过杏花稀'，诚佳句也。"

他之心意，之境况，恰如深宫之女子。她是如花美眷，他为读书君子，皆不被帝王赏识。虽是晚唐衰世，但花枝繁茂，风暖细碎，尘世万千风景，何等妙意，不因世移，不因岁改。她错在花容月貌，他错在倾世之才，但凡不得施展的，皆因此误了终身。

天地一沙鸥，余生唯寄江海

《旅夜书怀》　杜甫

细草微风岸，危樯独夜舟。
星垂平野阔，月涌大江流。
名岂文章著，官应老病休。
飘飘何所似，天地一沙鸥。

雨落一天，情绪不高，不是悲，也没有哀，更没有怨恨。这样的情绪，时常会有，在某个清寂冷落的黄昏，某个风雨琳琅之夜，独坐时，甚至于喧闹的人群中。想起那首歌：“倘若我心中的山水，你眼中都看到，我便一步一莲花祈祷。”

每个人心中都有别人看不见的山水。文人的山水，是春风秋月，婉转诗情；政客的山水，是江山社稷，天下苍生；茶者琴客的山水，是潋滟茶汤，丝竹清音；而凡人众生的山水，则是柴米油盐，悲欢离合。

浮生若草，帝王将相，百姓平民，自可一视同仁。也许他们拥有不同的过程，或精彩璀璨，或平淡无奇，但他们的结局如出一辙，没有贵贱。人生在世，做自己力所能及之事，寻一处可以栖息心灵之所，安静修行，平凡度日，乃智者所为，仁者之思。

想起杜工部之句："江村独归处，寂寞养残生。"又想起王维之诗："晚年唯好静，万事不关心。"亦想起李白之句："夫天地者，万物之逆旅。光阴者，百代之过客。而浮生若梦，为欢几何？"这些文辞都是经历过世事变迁、人情冷暖所流露出的真实心境。

杜工部在我心里是一个心系苍生、忧国忧民之士。他也曾有过"白日放歌须纵酒，青春作伴好还乡"的年少轻狂。但其心到底沉郁，一生碌碌奔走，飘蓬流转，没有停留。就算隐于草堂那几年，亦不断忧国之心，写着："安得广厦千万间，大庇天下寒士俱欢颜。"

他不及王维心性淡泊，一生信佛，写山水禅意之诗；也无李白飘逸洒脱，虽也是功名难取，仕途失意，却仗剑天涯，诗酒人生。他此生无论行至何处，又或是自身命运如何坎坷，仕途如何不顺，终无时无刻不忧国忧民。

他一生所写诗句千余篇，流传于世的甚多，作品多是涉及朝政动荡，关心民生疾苦，揭露社会黑暗。其人格高尚，诗艺精湛，落笔沉郁苍凉，浑然厚重。后人对杜甫其人其诗做出如此评价："世上疮痍，诗中圣哲；民间疾苦，笔底波澜。"

杜甫生于一个世代“奉儒守官”的家庭，家学渊博。其生活背景却是唐朝由盛转衰时期。其少时家境优越，过着安稳富足的日子，自小聪慧敏捷，七岁能作诗，“七龄思即壮，开口咏凤凰”。有志于“致君尧舜上，再使风俗淳”。

他为展心中抱负，实现政治理想，参加科举不中，从此客居长安十年，奔走献赋，清贫潦倒。后终得机遇，受玄宗赏识，几度辗转，被授予河西尉这样的小官。只是才情傲世的杜甫，又怎肯屈于这个渺小无用的官职。“不作河西尉，凄凉为折腰。”

安史之乱，潼关失守，玄宗仓皇西逃。太子李亨即位于灵武，是为肃宗。杜甫亦随战乱流离，不幸被叛军俘虏，押至长安。虽官小低微，不被囚禁，但其内心却忧惧民生疾苦，苍凉无措。

为避战乱，杜甫携家入蜀，转至成都。后在友人的帮助下，于成都西郊的浣花溪畔修筑草堂。浣花溪畔，风景如画，远离京都，不见战乱烟火。杜甫携着老妻稚子，于茅屋过着清淡朴素的田园生活。尽管他心底依旧不忘天下万民，但漂泊多年的他亦享受着家人相聚，悠然恬淡的静好日子。

后严武病逝，杜甫于成都失去了依靠，无奈之下，又携家眷离开成都，乘舟流落荆、湘等地。这首《旅夜书怀》便是其旅途流转，夜泊江边所著。其心若寥廓无垠的夜空那般孤独无助，又似江流一样波涛汹涌，仕途的失意，让他生出无依的感伤。

“细草微风岸，危樯独夜舟。星垂平野阔，月涌大江流。”江岸的细草在微风中摇摆，小船于清凉的月夜孤独地停泊着。星光低垂，平野宽阔；月随波涌，大江东流。无论人世如何变迁，大自然始终纯净如初，平静地交替往来，不为千古过客停步，更不为谁改朝换主。

“名岂文章著，官应老病休。飘飘何所似，天地一沙鸥。”他本怀着远大宏伟的政治抱负，愿受朝廷重用，解万民之忧，但半世辗转，终落魄潦倒。今时竟因文章而有了盛名，然这名气，并非他所要。年老多病，本该休官归隐，守着妻儿，寻个小小宅院，平淡度日。但此番江湖徙转，何处寻得归宿，栖息这碌碌之身。

水天空寂，人似沙鸥，甚至不及沙鸥那般自在无拘，纵是飘零，亦不必与人言说。杜甫休官，真的老病缠身吗？他休官，是因官职低微，遭遇排挤，他一生政治失意，尝尽风尘，除了他的诗名，再无可傲之事。

寂寥旷野，璀璨星河，若人生得意，自可在温柔月色下诗酒吟唱，洒脱逍遥。但天地苍茫，他竟如沙鸥，无所依存，无处藏身。这一叶孤舟，送英雄也送美人，送成者也送败将，它经历浪淘，不惧沉浮，只是下一个港湾又将在哪里？

景生情，情生景，人生虽如寄，若心存景象万千，安稳无争，自不败于岁月，不输于山河。杜甫的沉闷忧愁，孤苦零落，皆因仕途而起。只是那个诗风鼎盛，人才拥挤的大唐，又有多少名士被掩埋，一生困顿湖海，不为人知？他亦只是万千庸庸行人里幸运的一个。

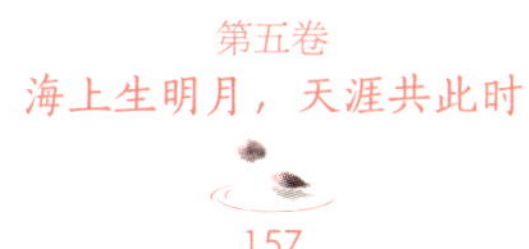

宋人苏东坡有词：“长恨此身非我有，何时忘却营营？夜阑风静縠纹平。小舟从此逝，江海寄余生。”他亦是高才雅量，不合时宜，宦海沉浮，幸运的是，一世佳人做伴，诗酒风流。

杜工部一生江舟漂浪，没有停留，最后又在战乱中逃亡。或许这就是三生石上所说的因果。山河在，草木深，感花落泪，鸟雀惊心。他的来与去，生与死，成和败，并不能惊扰天地，而苍生万民循着自己的人生轨迹缓缓而行，依旧如常。

飘飘何所似，天地一沙鸥。千年过去了，他是否依旧漂流在江舟之上，或是已经归去他的成都草堂，和旧友严武谈笑于篱前？老妻在炉边温着酒，稚子倚着栏杆垂钓，柴门虚掩，邻翁执杖而来，自带一壶佳酿，与君同饮，醉里话桑麻。

人间芳菲已尽，我还在，你可安好？

慈母手中线，游子身上衣

《游子吟》　孟郊

慈母手中线，游子身上衣。
临行密密缝，意恐迟迟归。
谁言寸草心，报得三春晖！

春风生凉，窗外疏淡灯影下依稀看见老树新芽，枝叶繁花。这些年，总认他乡作故乡。草木无心，却有情有灵，它伴你四季流转，不求果报。始终认为，每个人都是一株树，今生无论你浪迹何方，总会有一株植物，收藏你的灵魂，护佑你平安。

母亲亦是一棵树，年年岁岁守着故园的风景，日夜企盼远行的儿女归来。古人说："父母在，不远游，游必有方。"人世飘忽，多少人背着行囊漂泊于天南地北，又怎知何处可以停留，何处又是归所。一如我当年执意离开故里，来到江南，亦不知到底会安置于哪个城市，寄身于何处屋檐。

年少时，母亲曾请算命术士给我批过命，说我此生注定远离故土，必将得遇贵人。其意为，我不适合安于旧宅深庭，做不了寻常的烟火女子，乱世红尘是我的修行道场。古语云："莫问前程凶吉，但求落幕无悔。"我坦然接受了命运的安排，并用十年流离，妥善地安排好自己。

十余年，我将自己沉浸于诗书琴茶以及江南山温水软的风景里，淡漠了亲情，冷落了父母。天地悠悠，多少迷惘困惑，苦难灾劫，一个人到底走过去了。每逢归家，对母亲亦是诉喜不诉忧，将远行的伤愁和别怨深藏于心，轻描淡写地说起自己所历之事，以及种种美好的际遇。

白发苍颜的母亲总会问："你在外，也会想家吧？"而我总漫不经心地回道："偶尔会想，只要你们平安就好。"看着母亲老去的容颜，新生的白发，以及神情里流露出难以掩饰的悲伤，我心亦觉苍凉。只是，光阴不能复返，当下的生活虽安逸，却摆脱不了命定的孤独。

昨夜梦里，见母亲在幽淡的煤油灯下低眉缝补旧裳，一针一线，皆是情意，皆是企盼。那时，卧房里两扇雕花的木窗是我见过最美的风景。因为我总能透过它，看到纷飞的雨雪，以及瓦当洒落下的晴光。而母亲后来也是透过这扇老窗，等候我和远在外地求学的兄长。

此时灯影下翻看唐诗，诵读《游子吟》，甚觉酸楚，忍不住泪流。"慈母手中线，游子身上衣。临行密密缝，意恐迟迟归。谁言寸草心，报得三春晖！"朴素清淡的语言，毫无华丽修饰，却流畅生动，情真意切，千百年来不知拨动了多少游子善感的心弦。

诗人孟郊两试不第，四十六岁时才中进士，曾任溧阳县尉。仕途失意，官场冷落，让他不得舒展抱负，故心意阑珊，从此放纵林泉，徘徊诗海。他的前半生皆在漂泊流离中度过，贫困无依，潦倒江湖，后听从母命方博取功名，但官职低微，依旧困顿踌躇。

“一生空吟诗，不觉成白头。”他一生际遇坎坷，一生飘荡，一生苦吟。他的诗多是语浅情深，有愁苦却不悲戚。最为打动人心，令人感动的，当是这首《游子吟》。诗人尝尽炎凉世态，看罢宦海沉波，更觉亲情可贵。

那时年少，背着行囊，浪迹萍踪，唯一珍贵的便是母亲缝制的衣衫。一针一线，细细密密，为怕儿子迟迟难归，故缝制得更加绵密。看似平凡的针线，却维系着母亲千丝万缕的挂念和期待，以及担忧和祝福。游子漂泊在外，风餐露宿，温暖他的，亦只是慈母亲制的衣衫。

母亲为儿子缝衣制鞋，本是生活中寻常之事，奈何这朴素自然的感情，更是亲切细腻，动人心肠。没有华美的辞章，无须锦句雕琢，淳朴素淡的语言，尽显浓郁深情的诗味。苏轼《读孟郊诗》：“诗从肺腑出，出辄愁肺腑。”无论是诗或词，文者之心，皆是委婉真挚，唯发自肺腑的文字，才能经久不息，为后世传诵。

“谁言寸草心，报得三春晖！”是啊，薄弱的孝心，如同微风中的小草，如何能回报春晖的恩泽，报答慈母的深情。孟郊只是万千游子中平凡的一个，他所诉说的，又何尝不是万千游子的心？母爱之伟大，浩荡如

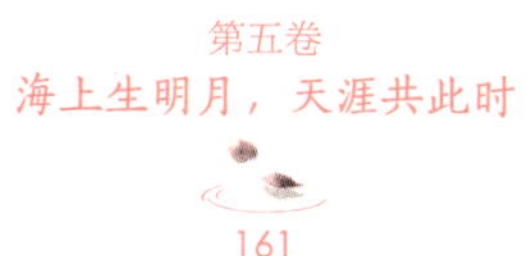

天，如何回报，都渺小若尘，微不足道。但世上所有母亲的付出，都是无私的，何曾图过报答？

“昔孟母，择邻处。”古有孟母三迁，可见天下父母为了孩子用心良苦。而母亲当年为了成全我那颗追梦的心，给了我足够的自由和勇气。尽管我饱受风霜苦楚，尝尽冷暖辛酸，但我知道，在遥远的故乡，她会守着那扇小窗，日夜将我等候。

只是，她不再是当年那个坐于檐下，婉约静美的妇人。岁月给了她伤害，灾劫，还给了她病痛，以及许多皱纹和白发。看着她一年年老去，我自是无能为力，又心痛难当。我知道，有一天，她会离去，再不能为我穿针引线，洗手做羹汤。我知道，无论我现在是否过上富庶安逸的生活，她始终朝夕牵挂，放心不下。

纵算今日我有了属于自己的安静宅院，有花有茶相伴，在她心里，我还是那个背井离乡的荡子。唯有栖居于她的身旁，陪她三餐茶饭，晨起日落，方能不再忧思。人间事岂能遂人心愿，也许今日的我可以随时归去，做个闲人，长伴双亲。但这意味着我将割舍当下的一切，对梅花的心事，对烟雨的情结。

世间因缘际遇，是巧合，又不是巧合。当年的外婆以及母亲为我们付出了一生最美的时光。后来老了，唯一能做的，是安静等待，等待重逢。人生苦短，我与母亲的缘分，虽深实浅，多年母女之情，相处的时间却短如春梦。我自是负亲有愧，所欠的情分、债约，又该拿什么偿还？

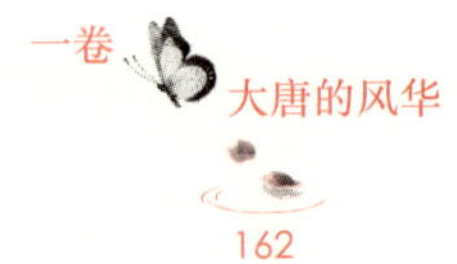

此时，我坐于斜斜花影下，给小茶的衣衫绣字。我对针线活不在行，但一针一线皆是我对她的情意，给她的关爱。我想着，以后在她喜爱的物件上绣着或刻下一朵茶花。这样，就算将来的某一天她离开我，也会记得母亲对她的挂牵。

无论小茶去往何方，我都会将所有最美的祝福给她，就像母亲给我的祝福。窗外遍地春色，草木欣然，不知道与母亲下一次遇见，是在何时。人世渺渺，多少将来不可预测，守着当下的缘，惜时惜景，无悔今生。

江南好，风景旧曾谙

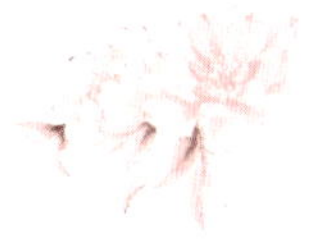

《忆江南二首》　白居易

江南好，
风景旧曾谙。
日出江花红胜火，
春来江水绿如蓝。
能不忆江南？

江南忆，
最忆是杭州。
山寺月中寻桂子，
郡亭枕上看潮头。
何日更重游？

你是否与一座城市有过相约，与一段风景擦肩难忘，和一片山水有着深刻的交集？无须许下任何诺言，每年我与这座城都不期而遇。江南，千百年来是无数人向往之所，只是能与之心灵相通，情投意合的却那么少。

自古风流文士亦喜这风流之地，繁华之城。我不过是万千行人中一个清淡素净的女子，与江南有一段未了之缘。故今生我转山转水，都躲不过这花柳温柔之城。这里有着魏晋风度，走过唐宋人物，留下锦诗丽词。

每年人间四月都要来杭州寻一壶茶，借西湖的山水冲洗内心尘埃，在茶雾里寻求宁静与安然。有人说，江南多雨，总是笼罩在一片烟雾中，心亦随之潮湿。江南又多梦，让来的人沉浸于梦里，不愿醒来。其实，江南春日的晴光很美，和煦春阳洒落在繁盛的花木上，美得惊心。

江南有柳，是青翠的绿，江南还有桃，临水而娇艳。江南的建筑，灵秀温婉，看似朴素老旧的城墙，被藤蔓缠绕，华丽深藏。江南的一座城墙，一角瓦檐，一扇花窗，一地青石，一株植物，一池静水，都是风景，都有故事，皆让人心动不已。

“江南好，风景旧曾谙。日出江花红胜火，春来江水绿如蓝。能不忆江南？”幼时读白居易的《忆江南》，便对这座有西湖的城市有着无限遐想。期待着有一日长大，可以自在独行，一个人来这山水温润之地，寻找梦里的风景，前世故人。

“江南好，风景旧曾谙。”他说，这美好之地有着他熟悉的风景。江花红似火，春水绿如蓝，他曾无数次回忆这里的一草一木，一水一尘。白居易笔下的江南令人耳目一新，它不是莺飞草长，柳绿桃红，杏花春雨，也不是小桥流水，黛瓦白墙，而是江水江花，是江南明丽绚烂的春色。

“江南忆，最忆是杭州。山寺月中寻桂子，郡亭枕上看潮头。”杭州一如南朝佛国，千年古刹不胜枚举。杜牧曾有诗，“南朝四百八十寺，多少楼台烟雨中”，说的便是江南风流之地的山寺古刹。柳永有词，“三秋桂子，十里荷花”，说的亦是钱塘繁华之地。

自古多少文人墨客来这里寻山问水，折桂品茶，钱塘观潮，为雅兴，亦为闲情。白居易当年曾担任杭州刺史，有修筑西湖堤防、疏浚六井等政绩，深得民心。西湖白堤两岸栽种杨柳，后人误以为是白居易所修筑的堤，称之为白公堤。虽然此堤在白居易来杭州之前便已存在，但因了他的诗，给西湖山水再添一道悠悠风景。

白居易之后又担任苏州刺史，在此期间，他漫游江南，旅居苏杭。纵算后来归居洛阳，以诗酒琴禅及山水自娱，亦不能抹去他心中江南的风物人情。白居易本风流才子，素日蓄妓玩乐，诗酒人生，这让他对江南烟柳之所更是钟情。

江南不仅山水温丽，更是美人如云。江南的女子，一如江南的山水，千娇百媚，婉转多情。孟棨《本事诗・事感》中记载：“白尚书姬人樊素善歌，妓人小蛮善舞，尝为诗曰：‘樱桃樊素口，杨柳小蛮腰。’”他最喜爱的樊素和小蛮，不知是否生于江南，但她们有着似江南细柳的纤腰与樱桃小嘴。

晚年的白居易体弱多病，始终不忘江南烂漫春光，亦感叹过往一去不复返的诗酒年华。他居洛阳，虽有诗友煮茗唱和，但洛阳的牡丹抵消不了他内心对江南的向往。樊素和小蛮不肯将之离弃，白居易却有心让她们去嫁人，不想用自己的风烛残年误了她们的花容月貌。

老病缠身，他依旧怀念素素的杨柳枝，于江南烟水之地，诗意地醉一场。那时的杭州，满城桂子清香，山寺里弥漫着浓郁的芬芳，又无处可寻。江南这座梦都给了他太多的美好与牵怀，纵算卖掉了良驹，遣散了佳人，他也始终不忘那湛蓝江水，艳丽江花。

今日我赴约而来，只为对着这一面湖水，几岸柳枝，饮一盏龙井。西湖泛舟，永福寺寻幽，年复一年，重复着一种姿态，一般心情，不觉繁复，不知疲倦。这里的山寺在任何时节皆清幽古意，庭木深深。

永福寺与灵隐寺相邻，不及灵隐寺大气，却另有一种风流底蕴。小小山寺，别有洞天，景致清幽，为东晋古刹，走进山寺的那座桥，亦有魏晋风骨。寺里一面湛蓝的湖水，恰如白居易诗中之境，又更多几分澄澈与静美。

山寺问茶，草木幽深处见一木牌上写着几字：“世间一切，为我所用，非我所有。”顿觉内心清亮，湛湛无尘。万物无私，本无多欲求，是世人不够清透，放不下情与物。然情缘有限，纵是白首亦要离散，而万物不过是借用，走时不能带去一尘一土。

道理都懂，却还是放不下。执念于心间萦绕，或成佛，或成魔。无论是山寺里的一小片茶园，还是成林的桂树，我们亦只可借其清幽和芬芳，而无法将之带离。多少人对着这一片山水，一席佛地，祈愿，许诺，却不知来年身在何处，再相逢，是人间四月，还是清秋时节，又或是未来每一个闪烁不定的日子。

白居易到晚年方心性淡泊，悟人生之理。他也曾兼济天下，后独善其身，参禅悟道，效仿陶渊明的生活态度，清远平和，悠然自得。退避政治，与山水唱和，忘记被贬江州司马的失意困顿。

他说何日更重游，也许他晚年再不曾游过江南，所有的风景，落于他的诗中，刻在心底。他提早明白，世间万物，为我所用，非我所有。故他会毫不犹豫地遣散白马和妓妾，虽有不舍，留下叹息，却内心澄净，再无牵扰。

平生最爱的是诗酒琴茶，不忘的是梅兰竹菊，放不下的是草木山石。但知道离开的那一天，凡尘中的一切皆不可带走。江南的一景一物虽有情，但也只可远观，不可亵玩。

你可以付出真心，转身时终要放下，一片落叶亦不可得。万物为尘，过眼云烟，散不去的是这一片山水，是诗中的禅，是禅的人生。

海上生明月，天涯共此时

《望月怀远》　张九龄

海上生明月，天涯共此时。
情人怨遥夜，竟夕起相思。
灭烛怜光满，披衣觉露滋。
不堪盈手赠，还寝梦佳期。

我在江南，我喜江南的人物，我对唐月宋水有着前世今生解不开的情结。都说月是故乡明，幼时的我于山村的窗前，透过竹帘，等候月色挂于树梢，托付孩童简单心事。盼着月中的仙子轻纱漫舞，又忧心她独自一人，如何经得起广寒宫里的寂寞清冷。

那株桂树，千年长成，千年开花，而砍伐桂树的吴刚难道不会与仙子生出一段恍若红尘的情事？他们之间是否亦随月圆月缺，有阴晴冷暖，悲欢离合？岁序匆匆流转，其实亦只是轮回着一种形态。千古不变的人事，不变的情感，不变的诺言，以及不变的明月清风。

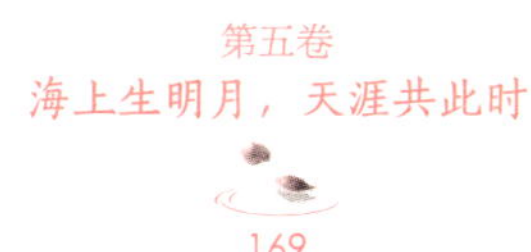

时光如水，淡然无言，我喜读书，爱喝茶，更喜以明月寄托心怀。无论春秋，不管圆缺，它恍若尘世中的知己，从遥远的唐宋而来，挂在我的窗前。三十余载，不曾离开，以后的岁月，亦会相依相伴，情深意长。

世人与月有着不解的缘，看似迢遥千里，无可企及，却又伴你地久天长。人生聚散悲欢，恰如月盈月亏，不可逆转。中秋时节，阖家团圆，望月寻雅，被视为人间乐事。元宵时节，更是彩灯满挂，爆竹声声，以庆上元。再有中元、下元二节，皆与月相关。皓月当空，星辉朗朗，那轮不变的月看淡了人间离合，却又是深情满怀，并非薄情之物。

月亦是文人知己，可邀杯，可对弈，可伴游花间，亦可长歌山林。“举杯邀明月，对影成三人。”飘逸孤傲的李白一生辗转长安，戏游江湖，是旷达的诗仙，亦为落拓之客。冠盖满京华，唯他独饮花间，与月同醉。

“无言独上西楼，月如钩。寂寞梧桐深院锁清秋。剪不断，理还乱，是离愁。别是一般滋味在心头。”秋月悄上西楼，隐掩于梧桐枝影间，落寞了后主的心怀，缠绕难解的愁绪。故国不在，大小周后不在，唐时的明月不在，唯江山还在，但他已非主是客。

“云中谁寄锦书来？雁字回时，月满西楼。”红藕香残的时节，洒满西楼的月华，穿过林层的雁阵，映在易安居士的眉头，与相思交织，和闲愁同韵。这个女子也曾有过花好月圆的浪漫时光，为其所爱之人红颜尽欢。到最后，河山动荡，失去至亲，孤身飘零世海，满腹心事无从可寄，唯一弯残月与她相知。

征人眼中的月，唯见悲壮苍凉。“戍客望边邑，思归多苦颜。高楼当此夜，叹息未应闲。”离人眼中的月，越发感伤凄苦。“何时倚虚幌，双照泪痕干。”情人眼中的月，则是爱恨交织。“恨君不似江楼月，南北东西。南北东西，只有相随无别离。”

初读唐人张九龄的《望月怀远》，被其首句“海上生明月，天涯共此时”所吸引，可寄情，又可托怀。一轮皓月，从浩渺无边的海岸缓缓升起，于寥廓苍穹，无限延伸至看不到的尽头。此句与张若虚的“春江潮水连海平，海上明月共潮生”相应相呼，仿佛他们曾是那天涯相望的故人，有过月光的交集。

天涯一望，是同一轮明月，万户仰视，各怀幽心。此心或清澈明朗，无忧愁离恨，无哀婉悲苦；或缠绵悱恻，寄寓千种相思，百般情意；抑或诗情满怀，醉意蒙眬，只待铺纸濡墨，即可挥笔千言；更或宽阔无垠，观其风云变幻，人间万象。

“情人怨遥夜，竟夕起相思。”于此光华万千之际，登楼远望，然村山万里，寂寞楼台，不见情人踪影。绵绵思绪，如月华铺洒，落于枕上帐边，牵引无数思情，让人入梦难成，惆怅不堪。

“灭烛怜光满，披衣觉露滋。”灭烛对月，任月光铺满屋舍，于寂静中想念，愈觉情浓。复披衣而出，于草丛间，花圃前，寻找情人的踪迹，

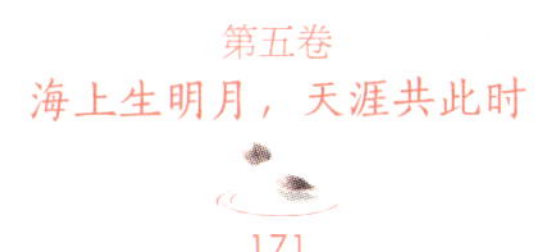

然所谓伊人，在水一方，隔山隔海，如何相亲。夜晚的寒露打湿了青衫，亦隔断了寻步。纵有万千情思，亦是无从诉说，冷月虽可寄怀，却到底不能偎依取暖。

“不堪盈手赠，还寝梦佳期。”月华满手，不堪赠予，这是古代乃至数十年前唯有鸿雁可托付之时一声深情的问候，却又是那般苍白无力。纵心有深情，亦无人知晓，唯有对月，试图遥寄相思。期待着梦里与佳人重逢，此后再不轻言离别。

诗人张九龄，自幼聪慧过人，才智超绝，能文善诗。七岁知属文，有文名，张说称他“后出词人之冠”。他又为唐代有名的贤相，举止不凡，风度翩然。自张九龄去世后，唐玄宗对宰相推荐之士，总要问：“风度得如九龄否？”可见其磊落襟怀，亦因此，张九龄一直被后人所崇敬、仰慕。

张九龄不仅是才华横溢的文学家、诗人，更是一位有胆识和远见的政治家。曾言安禄山“貌有反相，不杀必为后患”，然不被玄宗采纳。后安史乱起，玄宗逃亡路上，忆起张九龄平生之言，悔不当初。更因此，唐玄宗不仅失了江山，还失去了他宠爱的杨贵妃，留下绵绵离恨，无绝期。

张九龄就是这样一位耿直温雅、风骨铮铮的名相，其诗亦如其人，坦荡豪气，不趋炎附势，不媚世厌俗，情辞委婉，朴素遒劲。他清淡诗情，质朴语言，深远的寄寓，一扫六朝绮靡诗风，意义非凡。

这轮明月，君王良相看过，才子佳人看过，村夫凡妇看过，在海上升起，又在海上下落。其高洁情操，恰如这轮唱绝千古的明月，挂在大唐的天空，浩然清澈，风情万种。多少天涯游子，将其装入背囊，行走万里征程，又重复着相同的故事。

今夜，月华正浓，我虽居凡尘深处，却得避城市烟火，于这草木繁盛的幽静之处，安寄灵魂。不必与谁天涯相望，也无须猜测，那轮唐朝的月是何等姿态，又照彻了何人，拨弄了谁的相思。

焚一炉香，沏一壶茶，任月华满衣，心清如水。历一场秦汉风烟，听一段魏晋逸事，抄一部隋朝经文，读一首唐诗，临一阕宋词，随着这轮清月，再次回到诗意满满的宋唐，遇一知音，结一段缘分。而后，再从容离去，只留一弯冷月，淡淡送别。

天涯陌路，此生相逢终有时

《云阳馆与韩绅宿别》　司空曙

故人江海别，几度隔山川。
乍见翻疑梦，相悲各问年。
孤灯寒照雨，湿竹暗浮烟。
更有明朝恨，离杯惜共传。

人生最美的是重逢，最伤的是逢后再别。试想于最美的年华，遇一最合适的人，成就一段红尘平凡相守，种花圃药栏，读春秋古卷，唐诗宋墨，是何等赏心乐事！无关身世，是儒是商，是农是吏，只要心怀锦绣，皆识琴弦，哪怕其貌不扬，又有何妨？

纵布衣落魄，倦于俗事，携手落叶枯草的山川，亦有心中和煦的春风。彼此深情一望，无须言语，即胜人间无数。也曾许下美丽的诺言，后被岁月消磨，那般苍白无力。昨日之人不复与见，一切情愫唯深埋于心，

不去碰触，方可忘情。

一生羡慕那洒脱之人，了一段缘分，再叙一遍相思，自此放下，做个山水闲客，不问尘情。曾经沧海难为水，除却巫山不是云。人生陌上，风景万千，最美的仍旧是初时小院，旧日田园。一生遇见许多的人，发生许多故事，最刻骨铭心的亦只有一个，哪怕不曾好好相爱过，哪怕仅仅只是擦过一次肩。

人生最怕的是得而复失。是用多年的光阴去等候一个人，终得重逢，继而再次别离，再后来尘海渺茫，相遇无期。此生不喜与人多聚，怕别时惆怅难舍，怕伤情的眼目触动内心的柔软。有时宁可隔着山南水地，与之遥遥相望，亦不愿刹那相逢，转瞬离别。

洪迈《容斋随笔·得意失意诗》：“旧传有诗四句，夸世人得意者云：‘久旱逢甘雨，他乡见故知，洞房花烛夜，金榜挂名时。’”后被称为“人生四喜”。世间情有许多种，或缱绻于风月情债的痴男怨女，或高山流水的知音，又或是一生割舍不断的骨肉亲情。每个人的一生都会结下一段或几段情缘，有些铭记于心，至死不忘；有些散落天涯，杳无音信。

司空曙为“大历年进士，磊落有奇才，与李约为至交。性耿介，不干权要。家无担石，晏如也。尝因病中不给，遣其爱姬”。这样一个人物，在星火漫漫的唐朝，算不得璀璨，甚至没有多少荣光。然无论是王侯将相，还是百姓凡人，或诗人词客，都有其不为人知的际遇和尘缘。

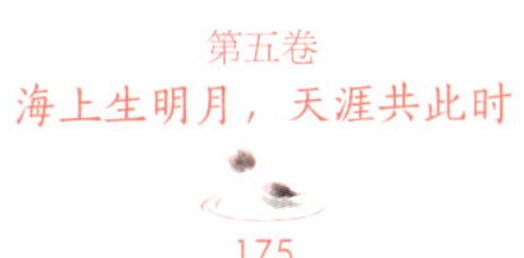

“故人江海别，几度隔山川。乍见翻疑梦，相悲各问年。”在那个书剑天涯，与月为朋，与梦相守的大唐，能于茫茫人海遇到数载不见的相知，那种心情可谓百味杂陈。他们原本是尘世间的良朋益友，一朝分离，各自江湖，在不同的故事里，写着自己的悲欢离合。欲寻人说起，又无人可诉，唯情系堂燕，漫看池鱼，算是相识，亦是故知。

多年后的某一天，彼此在纵横交织的阡陌上偶遇，或于某个不知名的驿馆邂逅，万般惊喜后，再回首多年的离索，彼此音信渺渺，恍若梦中，似真亦假，当真是悲欣与共，百感交集。

此番重逢，内心似有万语千言，又不知该如何言说。看着彼此渐老的容颜，两鬓新生的白发，一别经年，岁月到底留痕。他们已然分辨不出谁长谁幼，心有戚戚，各自询问。人生沧桑，曾经意气风发的少年，早已消磨了豪情壮志。今时的他们只欣然于当下的重逢，无意问及功名，更不愿猜测将来的浮沉去留。

“孤灯寒照雨，湿竹暗浮烟。更有明朝恨，离杯惜共传。”冷冷帷幕垂下孤影寒灯，映着如雪鬓丝，沧桑入骨。夜雨凄迷，竹林深处飘浮着烟云，一如他们那些走过的却又模糊的曾经。往事如烟如梦，再次叙说，已不见当年风华，唯有杯酒相亲，一论生平。

“黯然销魂者，唯别而已矣！”江淹的《别赋》写尽了人间别情，让人读罢为之黯然神伤。于此之时，重逢即要分散，相聚即是别离，更添惆怅。雨声未歇，打湿窗台，翠竹声声，苍茫的夜色中隐着无穷无尽的感伤。此生再要重逢，不知会是何年，于何地，甚至一生一世相见无期。

唐人李益有首《喜见外弟又言别》这样写道："十年离乱后，长大一相逢。问姓惊初见，称名忆旧容。"诗中情意与司空曙之诗情相似。亦是战乱时节，匆匆的重逢，匆匆的别离。人生路途看似漫长无边，实则仓促简短。这样的情意一生也许只有一次，这样的重逢一生或许只要一次。

司空曙《喜外弟卢纶见宿》中有两句诗颇有意境："雨中黄叶树，灯下白头人。"这首诗是司空曙为其表弟卢纶而作。卢纶和他本是亲戚，悉具诗才，同在"大历十才子"之列。司空曙一生清贫，不附权贵，他不似陶潜采菊东篱，却亦在深秋时节种上几丛幽雅，于这样的院落中，悄然白头。每每雨落秋庭，那个握卷苦读的人，写着忧伤的诗句。

他的诗或许不够华美壮丽，却静雅疏淡，朴素真挚。他多写行旅赠别之作，长于抒情，名句甚多。他重情重信，与故人虽隔山隔水，依旧不忘当年的情谊。读罢他的重逢之音，回首自己多年的聚散离合，内心亦是千回百转，无从诉说。

多少儒者用一生的时光，坐老寒窗，白了两鬓，却与功名无缘。多少诗客，写就万言，一朝句失，留下悲感。生命即为遗憾而生，亦为遗憾而止。纵然是"城外土馒头，馅草在城里。一人吃一个，莫嫌没滋味"，亦要好好去品味，哪怕淡如清水，也当知一茶一饭的艰辛。人间有味是清欢，唯俭朴方能久长。情意又何尝不是如此？君子之交淡如水，太过浓烈，反失其真味。

司空曙有着自己的山水，在大唐的诗国留下属于他自己的诗文。虽身份寒微，家无担石，亦是安然自若。其另一首《江村即事》，即是深绘此情。“钓罢归来不系船，江村月落正堪眠。纵然一夜风吹去，只在芦花浅水边。”寄笔超然，洒脱无比，令人羡之。

宋人柳永有词：“多情自古伤离别，更那堪，冷落清秋节。”清秋尚未至，已闻别离音。以往喜欢秋季，这是文人的季节，亦是离人的季节，清凉中带着感伤，落寞中隐透着孤独，薄冷中又带着几许多情。如今则喜欢春风春水，爱那姹紫嫣红，桑竹翠柳。遇别离也不再仓皇失措，虽有悲感，转瞬即过，从容待之。

人世悠悠，若斜阳流水，看不到尽头。今时你我虽天涯陌路，各不相关，但相逢终有时，或于溪山人家，或于桥头驿站，或幽巷庭前，皆有机缘，皆可相遇。

哪堪玄鬓影，来对白头吟

《在狱咏蝉（并序）》　骆宾王

余禁所禁垣西，是法厅事也。有古槐数株焉，虽生意可知，同殷仲文之古树，而听讼斯在，即周召伯之甘棠。每至夕照低阴，秋蝉疏引，发声幽息，有切尝闻。岂人心异于曩时，将虫响悲于前听？嗟乎！声以动容，德以象贤，故洁其身也，禀君子达人之高行；蜕其皮也，有仙都羽化之灵姿。候时而来，顺阴阳之数；应节为变，审藏用之机。有目斯开，不以道昏而昧其视；有翼自薄，不以俗厚而易其真。吟乔树之微风，韵姿天纵；饮高秋之坠露，清畏人知。仆失路艰虞，遭时徽纆，不哀伤而自怨，未摇落而先衰。闻蟪蛄之流声，悟平反之已奏；见螳螂之抱影，怯危机之未安。感而缀诗，贻诸知己。庶情沿物应，哀弱羽之飘零；道寄人知，悯余声之寂寞。非谓文墨，取代幽忧云尔。

西陆蝉声唱，南冠客思侵。
不堪玄鬓影，来对白头吟。
露重飞难进，风多响易沉。
无人信高洁，谁为表予心。

夏日临水而居，草木繁盛，甚觉清凉。蝉声在枝头轻逸，日夜不歇，它的不知疲倦，惊人好梦，又给寂寥岁月添了欢喜。它的叫声虽然单调，却在不同的耳畔唱彻不同的音符。是欢快，是悲切，是重逢，又恰如离恨。

最爱旧式高墙大院，花园亭台，砌石成山，桃李争艳，翠柳拂风。正是这些欣欣草木、水榭楼阁遮盖了居住在里边的败落子弟，亦隐藏了他们的家族恩怨。夏日里蝉声不绝，远山近水、小巷路亭皆是无穷尽的声息，一如流淌不息的光阴。

庄子云："夏虫不可以语于冰者，笃于时也；曲士不可以语于道者，束于教也。"蝉本高洁之物，蛰伏于季节深处，坚韧隐忍，一鸣惊人。我对蝉有着莫名的情愫，幼时居山村院落，午后树荫下乘凉，蝉鸣阵阵，穿过幽巷，穿过戏台，连同屋瓦上都落着蝉音。我等着黄昏来临，仿佛等一出戏文散场，等一只蝉虫老去。

世间之物，其质佳者，皆可入诗入画。任是翠柳黄杨，墙花陌草，乃至纷纭，进而走兽飞禽，篱虫林鸟，若得诗者之顾，自可取入句中，流芳千古。不知此为诗人多情，还是物自芳菲，引惹寻客。细品"文章本天成，妙手偶得之"之句，方悟得自然中，于声于色，于文于墨，皆本具足，只待诗客之手采撷入囊。

山中无所有，唯有四时明月，一林清风，或围着篱笆，绕着农舍，等待过路的樵子叩门歇脚，讨一碗茗茶，与之谈山外的故事。人生许多微妙

际遇，让人心生感动，有人候一生静美岁月，亦寻不到尘世知音。多少人甘愿做一只蝉虫，在属于自己的季节里听风候雨，将日子过得安定，无伤情远思。

“蝉噪林逾静，鸟鸣山更幽。”蝉是夏夜秋晨，隐于红尘的精灵，用单调的韵律，唱出市井与山林的细致。躁者闻之噪，静者闻之清，雅者会其幽，俗者厌其鸣。虽一微物，却在每个人的生命中，化成万千的模样。领会了其间巧妙，方知蝉亦禅，俗亦雅。

许多文人以蝉自喻，又以蝉喻人。你听那蝉音悲切，声声吟苦，又不与你诉说衷肠，吐露哀愁。你听它一鸣惊人，却又隐于繁枝茂叶间，不见影踪。唐时骆宾王曾写《在狱咏蝉》，那时的他，任侍御史，因上疏论事，政见不合，触怒了武则天，又遭受诬陷，获罪入狱。他在狱中听蝉鸣有感，以此诗抒发内心悲愤之意，浸透着低沉、郁闷之情绪。

骆宾王是初唐四杰之一，虽出身寒门，却心怀锦绣。他七岁能诗，号称“神童”。相传《咏鹅》即是这个时期的作品。他的一生坎坷多难，曾经从军西域，写过许多边塞诗，又复宦游蜀中。

“吟乔树之微风，韵姿天纵；饮高秋之坠露，清畏人知。”他在诗序里，细致写蝉，亦是伤己，以蝉自比。“每至夕照低阴，秋蝉疏引，发声幽息，有切尝闻。”试想于秋日的某个黄昏，斜阳疏落的光影洒在沉闷的牢墙上，透着淡淡的凉意。此时听着不绝于耳的蝉声，内心忧惧低回，该是怎样凄凉境况？

江山无限，独他在这有限狭隘的空间里，望不见天涯道路。骆宾王本是个有才学、有抱负的人，却因一些莫名之事身入囹圄，不知窗外世界。唯有墙外的蝉吟不断传来，从黎明到黄昏，高亢的曲调里，隐着听不清、说不出的仄仄平平。他独坐牢笼，有万种情思，百般委屈，亦不能言说。坐待时光流去，无从挽留，无从改变。

说到咏蝉，自不忘古人的“咏蝉三绝”。除了骆宾王这首，其余两首分别是虞世南的“垂緌饮清露，流响出疏桐。居高声自远，非是藉秋风”以及李商隐的“本以高难饱，徒劳恨费声。五更疏欲断，一树碧无情”。此三首咏蝉诗，各具奇妙，各怀其思，各诉其情。

虞世南的这首咏蝉诗，更多的是抒发清正之意，只要心居高处，不累尘俗，自然会其声清远，其志高洁。李商隐所寄蝉诗，句里字间多少有些抱怨之意，然其志向依然清洁，守着高处，不曾屈志尘埃，为求一饱。到了骆宾王所著的吟蝉之作，则是闻蝉鸣生悲感，以蝉喻己，顾影自怜。

刘勰《文心雕龙·物色》篇云：“情以物迁，辞以情发。一叶且或迎意，虫声有足引心。”人生万事皆有缘起，感花落泪，逢雨伤心。物与物之间有情，人与人之间有爱，物与人之间亦会生出许多情愫。比如这寂寥牢房里空无一物，透过寒窗却有蝉音惊心，触人哀思。

“不堪玄鬓影，来对白头吟。”诗人引蝉自喻，他正值盛年，有君子美德，心怀锦绣，却经受这番牢狱之苦。《白头吟》为汉时卓文君所写，那时文君年老色衰，相如生了二心，卓文君写下此诗，为让相如回心转意。而骆宾王此处化用其意，不过是为了表其忠诚之心。

“愿得一心人，白头不相离。”想当年，卓文君花容月貌，相如以一曲《凤求凰》，对她倾吐爱慕之情。卓文君亦被相如的风度与才情所吸引，与他私奔。几月后，一贫如洗的司马相如变卖了马车，回到临邛开了一间小酒家。而文君当垆卖酒，和他患难与共。

司马相如凭一篇《子虚赋》得汉武帝赏识，又以一篇《上林赋》被封为郎。衣锦荣归，感文君不离不弃之心，对之情意深浓。年深日久，相如厌烦了单调的生活，无端有了二心，卓文君作《白头吟》自伤，相如心生悔意，自此二人恩爱如初，再不分离。

“露重飞难进，风多响易沉。无人信高洁，谁为表予心。”每个时代都会有太多的束缚，让一个人的高远志向乃至寥廓心怀无法施展。如同篱笆间缠绕着的枯藤掩住淡雅的兰香，又似凄迷的云海遮盖中天的明月。

高洁的品格，优雅的词句，亦需那个能读懂的人。倘若这世间不曾有钟子期，亦不会有伯牙。良相需遇明主，琴者需逢雅客，才子得遇佳人。都言文者寂寥，芸芸众生，凡来尘往，难遇知音一人。得人赏识，被人爱慕，受人尊重，都是一种幸运。

骆宾王写罢蝉诗，直到次年遇赦，才得脱身，任了官职。然而他的心志未曾改过，直到后来徐敬业反唐，他写了《为徐敬业讨武曌檄》，反对武则天当政，方为初心。后徐敬业兵败，骆宾王不知去向。

或被杀，藏于荒山野岭，无人所知；或隐于某处林泉，过着渔樵同迹的生活；或流亡道路，病死他乡；又或削发为僧，不与红尘结怨；更或是化作一只蝉，高洁遗世，无须为谁表示忠心。

在清凉夏日，一声蝉唱，起于翠柳深桥，飞越漫堤花影，穿过唐宋往事，与那位与之隔了三生三世的人重逢于今世红尘。携手东风于近水楼台，于小窗疏影，于浅屋人家，清凉无梦。

一卷·大唐的风华

第六卷

寸阴若岁，花开堪折直须折

寸阴若岁，花开堪折直须折

《金缕衣》　杜秋娘

劝君莫惜金缕衣，劝君惜取少年时。
花开堪折直须折，莫待无花空折枝。

《牡丹亭》有这样的句子，“最撩人春色是今年，少甚么低就高来粉画垣，原来春心无处不飞悬。哎，睡荼蘼抓住裙钗线，恰便是花似人心好处牵”，“甚良缘，把青春抛的远”。今时再读，《牡丹亭》里的唱词，真是句句噙香，婉转生动，数百年来，有着无可取代的美好。

窗外春阳和煦，草木欣荣，玉兰斜过窗格，牡丹开在庭前。而我坐于花影下，亦是百媚嫣然，香风细细。那年杜丽娘春日游园，偶遇执柳的倜傥书生，与他在芍药栏边，太湖石畔，牡丹花前，相看俨然，妙处难言。庭园里好景艳阳天，云簇霞鲜，万紫千红开遍。

梦回莺转，小庭深院，而我如花美眷，都付了似水流年。是的，青春早已随着薄情的韶光轻轻抛远，许多故事还未曾开始，就如春花匆匆谢幕。所幸春还在，赏春看花的心情亦不曾更改。此时的我，一袭白衣胜雪，长发如水，淡抹妆容，与庭前的牡丹遥遥相望，亦是曼妙无边。

说好了不轻易闯入别人的故事，不惊扰别人的人生，可似乎总与他们在文字里频频相逢。这样隔着风云时空，穿越山河百代，算不算一种缘分？而若干年后的某一天，又是否会有那样一个女子将我淡淡想起？想起在深远的落梅山庄，有一个宛若梅花的女子，写过一些清淡的文字，冰凉的诗词。

我并非不知流光的美，而是深知年华可贵，一旦失去，不可复返。只是习惯了在春阳下静坐喝茶，听一支古曲，看一朵花开。“劝君莫惜金缕衣，劝君惜取少年时。花开堪折直须折，莫待无花空折枝。”写这首诗的人叫杜秋娘，唐时女子。她此一生宁可灿烂地死去，也不愿寂寞地活着。

杜秋娘出身卑微，只是一名寻常歌伎，但天生丽质，冰雪聪明，能歌善舞，千娇百媚。若非她灵秀风流，显山露水，又怎会在美人如云的镇海节度使李锜的后庭中深受宠爱？秋娘手持玉杯劝酒，李锜欣然陶醉，两句“花开堪折直须折，莫待无花空折枝”令她若一枝娇艳含露的牡丹，惊艳而出，美不胜收。

而她后来凭借这样一首《金缕衣》，换取了数十载的锦绣繁华。杜秋娘从一个普通歌伎成了李锜宠爱的侍妾，每日锦衣玉食，轻歌曼舞，亦算

是度过一段愉悦的时光。之后朝廷动荡，新登基的唐宪宗李纯年轻气盛，力图削平藩镇割据。李锜不满，举兵反叛，被大军镇压，死于乱军中。

春花秋月，瞬间成了往事，杜秋娘为罪臣家眷，被送入宫中为奴。聪慧骄傲的杜秋娘又怎会甘于为奴？趁着皇宫宴会，她为唐宪宗献上那首排练了千百回的《金缕衣》。其出众舞姿，明艳容颜，倾倒了灯火煌煌的大唐宫，更倾倒了俊逸风流的唐宪宗。

天子要恩宠一个女子，无须给任何人交代，很快，杜秋娘成了大唐宫殿里那颗最璀璨的明珠。她似乎不费心力，亦不必与谁争夺，就从罪奴摇身一变成了雍容华贵的秋妃。她甚至无须遮掩锋芒，因为她有把握让唐宪宗眼里和心里再容不下第二个女人。

那时间，后宫传遍了《金缕衣》，但她们所唱的，不过是一些陈词旧调。唯有秋妃能够为唐宪宗舞尽明月清风，可以将《金缕衣》唱得百转千回。她是聪慧的，由来后宫夺宠都是历尽多番腥风血雨，但她却让自己十数年毫发无伤，过得安稳自在。

那些年，唐宪宗只宠秋妃一人，她不仅为他歌舞缱绻，还用温柔软化他的锋锐。她既是宪宗的爱妃，更是他治国平天下的军师。宪宗治理国家太过盛气倨傲，性情浮躁，杜秋娘便时常对之温和相劝，弥补他的缺失。

“王者之政，尚德不尚刑，岂可舍成康文景，而效秦始皇父子？”唐宪宗听取了杜秋娘的意见，以德政治天下，二人齐心协力，使得国家昌盛。然世事风云，难以预测，元和十五年（820年）新春刚过，唐宪宗就莫名地驾崩于中和殿上。

有人说宪宗服食丹药中毒而亡，也有人说是内常侍陈弘志蓄意谋弑，但一切都只是猜测。自古帝王更换，江山易主，又岂是谁能掌控的？宪宗的死，杜秋娘固然伤悲，她十余载的折花岁月行将落幕。她无心追查宪宗的死因，而是尽力让自己在后宫稳妥地生存下去。

漫漫深宫，前尘渺渺，除了自救，她别无选择。二十五岁的太子李恒在宦官马潭等人拥戴下嗣位为唐穆宗，改元长庆。只因杜秋娘劝服唐宪宗以德治天下，故朝中重臣并没有因为宪宗的驾崩而停止对她的尊重。在某些军国大事上，唐穆宗甚至经常要听取她的意见。

她被安排为唐穆宗之子李凑的保姆，负责皇子的教养。这是她在深墙高院里的唯一筹码，她不能输。杜秋娘再也不舞《金缕衣》，她把所有慈爱、心血都倾注在李凑身上，对其寄寓厚望。李凑在杜秋娘的悉心调教下，亦成为一个有胆识、有雄心的男儿，并立志要做一个有所作为的君王。

杜秋娘以为时机成熟，她筹划着，与朝中宰相宋申锡密切配合，准备一举除掉王守澄的宦官势力，废文宗，将李凑推上皇帝宝座。但她败了，结果李凑被废，贬为庶民，她也被遣回故乡，沦落为一个孤独无依的妇人。她不再是那个舞尽春风的妩媚歌伎，更不是在后宫翻云覆雨的皇妃。那时的杜秋娘，白发衰颜，已失昨日风采。

“花开堪折直须折，莫待无花空折枝。”她此生只因一首诗便深受荣恩数十载，她该是无悔的。纵是落魄乡野，美人迟暮，亦当无惧，她要的，早已如愿以偿。只是人生确有宿命之说，她聪慧过人，机关算计，将自己的命运辗转托付于几个男人，贵贱兴亡，做不得主。

多年以后，途经江南的诗人杜牧在金陵邂逅了杜秋娘。杜牧见她风尘无主，感其年老色衰，为她写了一首《杜秋娘诗》，诉说了她的坎坷不幸，亦感叹人世无常，沧桑变故。“寒衣一匹素，夜借邻人机。”她再不是当年那位罗衫翩然的舞娘，一匹素布，还需借邻人的织布机连夜赶制。只是杜秋娘不需要任何人的怜悯，自古花开花谢，聚散有定，有何可悲?

“四朝三十载，似梦复疑非。”数十年宫廷繁华，历经几代帝王，恍若云烟一梦。据说，后来金陵发生军变，满城风雨，杜秋娘随众避难，死在玄武湖。一缕香魂，亦只是茫茫天地间渺小的粉尘，一株微不足道的草木。

看窗外春光流转，千红百翠，花开成簇，却又寂寞无主。柔风中不知谁在婉转低唱：花开堪折直须折，莫待无花空折枝。那歌声，从千年前的唐朝走过，经依依古道，过岁月山河，如鹃啼，似莺啭。

一曲《金缕衣》，回首尚迟迟，尚迟迟……

易求无价宝，难得有心郎

《赠邻女》　鱼玄机

羞日遮罗袖，愁春懒起妆。
易求无价宝，难得有心郎。
枕上潜垂泪，花间暗断肠。
自能窥宋玉，何必恨王昌。

此时，在杏花烟雨的江南，听一曲《龙井茶园》，只觉春风拂面，茶香氤氲。用清澈山泉冲泡一壶明前龙井，坐于山水间，闻琴赏雨，岁序安然。瓶中的睡莲依旧昨日姿态，浑然不觉光阴如水，仿佛还有许多美好的年华经得起消磨。

这座城池定然与我有过深刻的交集，只不知是在哪一世，又在哪个朝代。唐宋时期有过许多奇闻趣事，风流传奇。而杭州自古山水灵秀，人文俊逸，亦有太多的风云故事，锦绣情缘。

西子湖畔有苏小小和无数文人墨客的足迹，历史余温犹存，那些美好的爱情故事至今不曾被人忘记。人在画中，经常会有时空交错之感，比如我在烟火迷蒙的江南，回忆古都长安。从一座城穿越到另一座城，只需几个时辰；从一个朝代改换到另一个朝代，亦不过数百年光阴。

“易求无价宝，难得有心郎。”这是唐朝才女鱼玄机的诗中之句，后来被无数多情女子传唱。当年西泠的苏小小与阮郁在西子湖畔有过一段尘缘，后阮郁离开，另娶他人，独留苏小小于西泠日夜忍受情思消磨。“妾乘油壁车，郎骑青骢马。何处结同心，西泠松柏下。”她为一代歌伎，他是宰相公子，纵是一见倾心，亦不可有相守百年之约。

历史上的鱼玄机生于晚唐，为唐代四大女诗人之一，亦是女道士。性聪慧，好读书，尤工韵调，情致繁缛。鱼玄机与晚唐花间派词人温庭筠为忘年交，素日时有唱和。鱼玄机生于长安，字幼微，她不仅天性聪慧，更是姿容倾国。

这位能文善诗的才女在她情窦初开之龄，对恩师益友温庭筠心生爱慕。二人尚未曾谈及情爱时，鱼玄机便邂逅了生命中的男子李亿。他为江陵名门之后，状元及第入仕，进京官授补阙。李亿的风流倜傥，让鱼幼微对之一见钟情，并嫁于他为妾。

他是多情才子，仕途通达，她乃一代佳人，诗文秀美。新婚宴尔，彼此度过了近百日恩爱缠绵，如漆似胶的美好时光。她虽为妾，李亿却对其

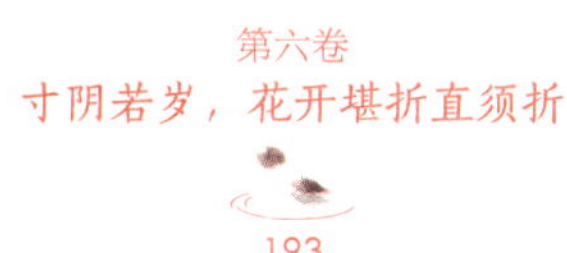

万千宠爱，写诗品茗，对句吟唱，明月花前，楼台小窗，皆是如影随形，寸步不离。

李亿原配夫人为官宦之家的小姐，生性喜妒，怎容得下鱼幼微这等绝色佳人？况那时李亿对鱼幼微百般恩宠，对其原配夫人冷落。后经不起夫人的威逼，李亿对鱼幼微的浓情爱意日渐淡漠，虽有心与之朝暮相处，却不想多生枝节。

他听信夫人谗言，将鱼幼微送至京郊咸宜观为女道士。一代才女，芳华正茂，自此成了世外居士，而鱼玄机的道号，不久便名扬长安。唐朝是个开放的朝代，那时的庙宇道观，不受太多的清规戒律约束，而女道士更是风靡一时。像鱼玄机这样才情绝佳的女子亦不胜枚举，还有许多官家小姐乃至公主皇妃入观为道。

鱼玄机虽居道观，对李亿却是情深不忘，朝思暮想，奈何情牵两处。恰逢道观的观主仙逝，而鱼玄机本是性情中人，此后更是自由随性。她已是世外仙姝，于道观一半修行，一半纵情声色。尽管内心对李亿始终不能放下，却不愿为他一人寒夜孤灯，静候天荒。

她索性在观内逍遥，收了几位姿色尚好的女徒弟充当侍女，于观外贴出“鱼玄机诗文候教”。咸宜观因了鱼玄机而门庭若市，热闹非凡。多少达官贵人、文人才子慕名前来，为睹佳人风采，与其品茶论诗，说玄悟道。

咸宜观再不是雅致的清修之所，鱼玄机在观内翻云覆雨，与情趣相投之士每日温情缱绻。她与自己所喜的名士谈风弄月，毫无拘束，不喜之人则搁置一边，冷落不问。她虽日夜纵情欢娱，诗酒琴茶，亦不肯媚俗。她既对别的男子生情，又始终难忘李亿，并几度写诗寄之。心中仍盼着得以重聚，与之厮守，免流离放纵，但一切终是虚幻泡影。

她和李亿已隔沧海，纵跋山涉水，也回不去从前。但鱼玄机内心终有怨气，故写下这首《赠邻女》。据宋人孙光宪《北梦琐言》上说："（玄机）为李亿补阙执箕帚，后爱衰下山，隶咸宜观为女道士。有《怨李公》诗曰：'易求无价宝，难得有心郎。'"

这首诗实为自喻，乃至情至性之语，有被遗弃的怨愤，亦有一种从容的洒脱。世间多少风华绝代的女子，待字闺中，只为命运恩赐一位良人。纵是寻得，他们亦不会对其情深久长，只因他们可以妻妾成群，怎肯对一个女子朝暮不离。而女子却只能从一而终，面对丈夫的背叛离弃，亦不能自己做主去留。

"易求无价宝，难得有心郎。"人在尘世间可求得无价珍宝，却寻不到那个知晓冷暖，与之心灵相通的有情伴侣。为此，她总在暗夜感伤垂泪，行经花丛间，免不了断肠思量。只是，既有如此才貌，又何必落寞神伤，幸福唯有自己争取，便是宋玉那般风流才子也能求得，再无须怨恨王昌这般才子的若即若离的态度。

鱼玄机做到了，她于观内尽情纵乐，不久后，便有一个叫陈韪的乐师赢得她的欢心。这位乐师精通音律，风度翩翩，整日抚琴奏乐，博她所喜。风情如她，如何经得起这样的诱惑？那段时间，鱼玄机与乐师尽情欢爱，几乎遗忘旧伤。

她以为，寻得宛若宋玉这般的才子就会幸福。天下男儿多薄幸，若李亿对她负心，那么乐师陈韪对她更是薄情。原以为尘世遇得知音人，却不料是名好色之徒，他趁鱼玄机不在，与其婢女绿翘偷情。她得知后心痛不已，更多的是愤怒。

鱼玄机想起当初李亿听信夫人谗言，将之抛弃，令她迫于道观安身，孤独无主。如今又遭自己所爱的乐师和被其信任重用的婢女背叛，怎能不生怒火？她懊恼之下，对绿翘狠狠一顿鞭打，却不料失手将其打死。慌乱中，鱼玄机将绿翘掩埋于后院。

几月后，尸体被人无意发现，鱼玄机随后便被带至公堂受审，最终被京兆尹温璋判处死刑。一代唐朝才女，风流女道士，在其风华之龄，竟被如此判死。因果循环，宿债终还，她半生所求，不过是一位有情有义的郎君。此一世，算是求不得，她放纵过自己，亦接受了命运的惩罚。

她究竟是被别人辜负，还是辜负了自己？她活着之时也许并不尽意，并不快乐，但至少灿烂过。后世之人都记得，在唐朝有个叫鱼玄机的才女，于一座叫咸宜观的道观风流自居。她的人生虽来如春梦，去似朝云，却该无悔。

生命幻灭有时，情爱如露如电。愿她转世可以遇得一位对之情深意重、不离不弃的有情郎。如此，方不负她前生所愿，不负她一脉心香。

浣花溪畔，一场远去的风月情事

《春望词四首》　薛涛

花开不同赏，花落不同悲。欲问相思处，花开花落时。
揽草结同心，将以遗知音。春愁正断绝，春鸟复哀吟。
风花日将老，佳期犹渺渺。不结同心人，空结同心草。
那堪花满枝，翻作两相思。玉箸垂朝镜，春风知不知。

花开花落自有时，唯有相思无从寄。尘世间，每一场相逢，光阴都会记得，并且留下痕迹。有一些惊扰了年华，有一些温柔了岁月。相爱之时，愿此生同心，不生旁枝错节，并许下一世之诺，朝暮相守。但多少人守住了誓约？长则三年五载，短则只是相伴看过一场花事，便转身陌路，再不相逢。

每个人都在寻找属于自己的归宿，若人不可相依，便把自己托付给山水草木，交付于诗书琴画。我不知今生谁会与我相伴白首，曾经那些

和我有过交集的人也只是陪我红尘同行过。但有一个地方却是我此生的归依，不因物转，不随景移，无论山河如何变迁，人事如何更换，它皆不离不舍。

梅庄，我红尘的修行道场，灵魂的驿站，宿命的归依。那么多人似过客一样匆匆来去，和我赏过花，喝过茶，最后都离散，像梦一场。长情的也只是几件旧物，在寂寥之时，凭借它们去追寻一些残缺的记忆。而那些在梅花信笺上写下的诗行也不知寄往了何处，散落在谁的墙院，又被谁收藏，搁置在桌案，摆放千年。

在唐朝，有一个女子深居在她的道场，于浣花溪畔自制诗笺，打发寂寥光阴。据说此诗笺用木芙蓉皮做原料，加入芙蓉花汁，制成深红色精美的小彩笺，取名薛涛笺。

北宋苏易简《文房四谱》云："元和之初，薛涛尚斯色而好制小诗，惜其幅大，不欲长剩之，乃命匠人狭小为之。蜀中才子既以为便，后裁诸笺亦如是，特名曰薛涛笺。"

薛涛用其自制的花笺题诗："花开不同赏，花落不同悲。欲问相思处，花开花落时。"也曾美好地爱过，有过相思，以为遇见了红尘知音，欲结同心，后来都付与浣花溪水以及那场不解爱怨的春风。她虽多情长情，却一生不被情爱所缚，纵有伤，亦不肯沉陷进去，不自怜自怨。

薛涛姿容清丽，冰雪聪明，通晓音律，才艺超绝，十六岁入乐籍。恰

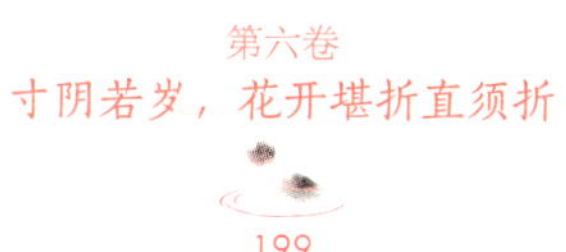

是这年，情窦初开的薛涛邂逅了生命里的第一个男子韦皋。那时的韦皋任剑南西川节度使，被薛涛的容貌才艺所吸引，召其到府中侍宴赋诗。

之后，薛涛出众的文采、优雅的气质为韦皋所喜，便让她伴随身侧，打理文字工作，薛涛亦欢喜地，做起了她的“女校书”之职。那时的薛涛浪漫诗意，风华正茂，对儒雅博学，于官场叱咤风云的韦皋生了爱慕之心。而韦皋又如何能够抗拒这样一位兰心蕙质、美艳动人的才女。

薛涛应该也爱过韦皋，但这种爱少了一些浪漫，更多的是一种男女相欢。这位女校书因为才貌脱俗，又委身于韦皋，一时间名动蜀中，风光无限。此后香车宝马相随，多少达官显贵求见，赠之财物，她亦是不拘小节，坦然接受。据五代时期何光远所撰的《鉴戒录》所载：“应衔命使者每届蜀，求见涛者甚众，而涛性亦狂逸，不顾嫌疑，所遗金帛，往往上纳。”

薛涛的狂逸放纵，送往迎来，令韦皋大为不悦，气恼之下，将她从官伎降至营伎，发配松州，以示惩罚。这时薛涛方醒悟过来，原来她不过命似蒲柳，握于别人手中。任何的错失与背叛，都将受到责罚，她冷静地收起悲伤与惊惧，用她敏捷的才思写下《十离诗》，命人献给韦皋。

十首诗写出事物脱离依附的悲惨结局，亦写出其内心的无限悔恨，以及对韦皋的埋怨之心，却是有离思而无离情。有人说，《十离诗》太过谄媚，而失了诗文里原有的气节。然而，于薛涛的心里，一直以来她对韦皋之情，本就是依附多于爱意。他们之间虽相濡以沫，觥筹交错，却并未有刻骨铭心的爱恋。

韦皋对薛涛毕竟有情，读罢她的《十离诗》，特命人将薛涛召回，依旧和好如初。但经历过此番劫数的薛涛，内心清醒明澈，她知道，自己不过是韦皋所喜爱的一位歌伎，没有名分，连妾都不是。她唯有依靠他的怜悯，方能立足于世，又何来有高傲放纵的资本？之后的日子，她变得内敛含蓄，再不轻易涉入他的江湖，惊扰他的生活。

韦皋死后，薛涛安然自得，平静地过着自己的日子，研花作诗，蘸雨为墨。虽有许多男子慕其才名，为之倾倒，但薛涛皆婉拒，她决意终身不嫁，和诗酒同生共死。这时的薛涛已年过四十，芳华不再，但她依旧风姿绰约，温柔美丽。

她以为此生再不会有任何男子可以撩动她的情思，却不想，命定的情劫到底躲不过。时年三十一岁的风流才子元稹，以监察御史身份出使蜀地，邂逅了久负才名的薛涛。这位多情才女，一生算是遭逢过无数缘分，却深深地被元稹的俊雅风度、旷世才情所折服。短暂的相处，彼此已是郎情妾意，如漆似胶。

她深知山盟海誓都是虚言空梦，却让自己沉落进去，不可自拔。他为朝廷官员，她不过是官伎之身，况她年长他十余岁，如何可以双宿双栖，地久天长？薛涛明白，她和元稹不过是露水情缘，但她顾不得许多，聚时不问短长，散时也不计生死。她努力让自己爱着，并为他们的这段情缘写下刻骨诗句，动人心魄。

一年后，元稹走了，留下薄如春风的承诺，而后再不复返。结局早已知晓，只是不承想会如此仓促。薛涛虽有期许，但她内心已然斩断情丝，纵是被抛弃，亦无怨悔。她知，非他负心薄幸，这世上又有多少男儿，能够为爱至死不渝。

曾经沧海难为水，除却巫山不是云。他对亡妻情深如海，却也将誓言转身即忘，更何况他们之间这浅薄的缘分！薛涛是清醒的，她用尽所有的爱情，还是输了，但她输得从容，输得平静。到了那个年岁，看惯了离合悲喜，又还有什么割舍不下？

薛涛辞别故人，住进了浣花溪，换上了道袍，她再无须取悦谁。每日焚香煮茗，采折花叶，自制诗笺，在安静无争的世界里，寂寞却欢喜地活着。

她叫薛涛，制深红小笺，写了一辈子的情诗，却终身未嫁。她很坚强，让自己活到白发苍苍，缓慢老去，不悲不怨，不愁不伤。

百年寂寞，奈了红尘几何

《相思怨》　李季兰

人道海水深，不抵相思半。
海水尚有涯，相思渺无畔。
携琴上高楼，楼虚月华满。
弹著相思曲，弦肠一时断。

春风沉醉的夜晚，无爱无怨，无忧无惧，内心平静，恰似那半开半谢的花，生也从容，死也从容。女子亦是如此，纵是花容月貌，绝世才情，终如飞花，碾作尘土，了去无痕。既知终有一败，莫如在枝头时尽情地绽放，当是无悔。

唐时女子杜秋娘说：“花开堪折直须折，莫待无花空折枝。”当年她凭借这一首诗，从寻常歌伎一步步走向大唐皇宫，数十载受尽荣宠，繁花满枝，明月当空。尽管老去时被遣回故里，贫病交加，但她知花开花落有命，该有的，她都拥有过，此生她算是没白来人间走一回。

听一首《兰若词》，瞬间竟被里面的词句深深触动，无法躲闪。“你总该记得，曾经为情所惑。凡人总难舍，爱过恨过也就罢了，偏要回眸动了心魔。这百年寂寞，奈了红尘几何，剩一世无双的你仍眷恋着我。”

偏要回眸动了心魔。自古多少修行之人，或仙或魔，或妖或鬼，或僧或道，一旦动了凡心，便再无法禅定清修。《红楼梦》里的妙玉，本生于读书官宦人家，奈何自幼多病，买了许多替身代她出家皆不中用。只得入了空门，带发修行，身子方好。她被请到贾府，于栊翠庵修行，但凡心未了，尘缘未尽，一块美玉终落泥淖，挣不脱轮回。

唐时帝王信奉道教，无论帝王将相，还是文人墨客，以及许多佳丽名媛，皆修法学道，一时间成了风尚。而唐朝的女道士更是当时一道亮丽风景。她们在道观里既可以静心修行，又可以自由地接待世俗中的风流雅士，与他们推杯问盏，吟诗作画，甚至花前月下谈情说爱，皆不受束缚。

唐时许多后妃公主、小姐名媛争相出家做女道士，她们以修行为名，在自己的道场安然自在，快意逍遥。据《唐才子传》记载，李季兰幼时“美姿容，神情萧散。专心翰墨，善弹琴，尤工格律”。

李季兰自幼被其父送入剡中玉真观出家，玉真观算是偏远清幽之地，适合道家修行。李季兰在这清雅之所潜心读经，作诗习字，抚琴识谱，长成一位亭亭玉立、淡雅出尘的清丽道姑。豆蔻芳华时，满目道经并不能约束她浪漫多情的心性，她如同许多闺中少女一样芳心萌动，向往繁华的世间。

玉真观隐蔽清净，景致怡人，自东晋以来，剡中文风鼎盛，故不时有风流雅士去观内游赏。风姿绰约、才貌双全的李季兰成了那些风流才子心中倾慕的女神。她本性情女子，暗怀春情，寂寥的修行时光让她不忍芳华虚度。且不管什么清规戒律，这位多情道姑遇上名流雅士，亦常秋波暗送，风情万种。

“人道海水深，不抵相思半。海水尚有涯，相思渺无畔。携琴上高楼，楼虚月华满。弹著相思曲，弦肠一时断。”一盏孤灯，难遣寂寥，携琴登楼，万千心事无人解。拨弄琴弦，调寄相思，研墨赋诗，皆是思情，只是这比海水还深的相思，寄于谁人？

她的相思到底为谁？后来方知道，在她芳心难耐，寂寞无涯时，有那么一位神清气朗、风度翩翩的隐士走进她的道观，撩动她的情肠。他叫朱放，隐居于此，素日以山水为乐，临流畅饮，豪放不羁。这样一位风流隐士，邂逅多情才女，自是郎情妾意，欢喜不尽。

此后，他们相约游山戏水，赋诗饮酒，或于玉真观对弈品茗，抚琴相诉，度过一段美好浪漫的岁月。道观再不是清修之所，李季兰凡心已动，那些经文以及观里枯寂的光阴，藏掩不住她的热情。奈何相思无涯，人生聚散有定，朱放奉召去往江西为官，将她重新搁置在观内，忍受煎熬。

那段时间，唯有托鱼雁倾诉相思之情，她知她的等待终是无期，他虽对之有情，却无须信守誓约。在她每日愁肠不解，为情所扰时，有那么一位清雅潇洒的青年才俊闯入她的禅房，抚慰她的忧伤寥落。

他叫陆羽，唐时一位与茶结缘的男子，一生嗜茶，精于茶道，被誉为茶神、茶圣，著有一部《茶经》闻名于世。陆羽本是孤儿，被智积禅师抚养长大，虽在庙中，却无意终日诵经打坐，更喜吟读诗书。

那年的陆羽寄居龙盖寺，饱读经书，研习茶道，得闻玉真观有位才情出众、气质若兰的女道士，便专程来访。他满腹经纶，她佳人绝代，他的到来，如一盏清茗，洗去她的愁肠，解了她的相思。

玉真观再次成了李季兰交朋结友之所，除了陆羽，她还与许多风流名士、朝廷官员往来，但为之倾心相待的，唯有陆羽。日静风闲，二人对坐清谈，取泉烹茶，赋诗作画，抚琴寄雅。她病时，陆羽为其煎药煮茗，殷勤相陪，他柔情相待，她自真心相许。

当时陆羽有一位好友，为僧者皎然。皎然虽为出家人，却善诗能文，喜画爱茶，与陆羽为至交。一段时日，三人经常聚会研经，围坐煮茶，诗词酬答。李季兰与陆羽自是心性交融，彼此有情，但她对皎然的闲定气韵，出众才华亦是仰慕，可皎然坐禅已久，心如止水，对其柔情素心不生涟漪。他曾作诗，表决心意。“天女来相试，将花欲染衣。禅心竟不起，还捧旧花归。”

李季兰依旧守着她的道观，一半清修，一半交际。如水光阴，慢慢流逝，她虽与陆羽情意相投，但始终不能如凡尘男女那般婚嫁相守。再者她习惯了观内自由的生活，不愿落入尘网，被世俗约束。陆羽亦有禅心，与茶相知，过不了凡间的烟火日子。他们一如往昔，相约清谈，琴茶作乐。

据说，喜文爱才、精通音律的唐玄宗听闻李季兰的才名，亦对其心生赏慕，下诏命其赴京都一见。那时的李季兰已年过四十，容颜清减，但诗心仍旧。接到皇上诏命，她为这突如其来的荣恩又惊又喜，惊的是自己美人迟暮，怕龙颜失望，喜则是半生浮云，却未承想得此机遇。

但李季兰并未见到唐玄宗，在她奔赴长安的路上，安史之乱爆发。长安一片战乱，唐玄宗自顾不暇，带着杨贵妃仓皇西逃。途经马嵬坡，他连三千宠爱在一身的贵妃都未能保住，又何来心情记得玉真观这位渺小的女道士？

有人说，她在战乱中不知所踪，也有人说她因诗而亡。自古红颜薄命，她动了心魔，为情惑，又如何躲得过？我宁愿她此生逍遥于玉真观中，忘记所有的相逢为何，一点凡心亦不被人说破。只是那寂寞无涯的相思，该寄往何处，寄于何人？

菱花镜里，画眉深浅入时无

《近试上张水部》　朱庆馀

洞房昨夜停红烛，待晓堂前拜舅姑。
妆罢低声问夫婿，画眉深浅入时无？

梅庄的雨总是这样下得正是时候，在每一个悲伤的日子，每一个落寞的长夜，以及风起的清晨。人生原本就是一场戏梦，是我迟迟不肯醒转，不愿醒来，不能醒来。

雨中植物青翠，散发着草木独有的芬芳，茉莉的淡雅，兰草的馥郁，薄荷的清凉，一如初见的人生。万物鲜妍终有时，待浮花浪蕊过尽，所剩的只是几茎虬枝，几片绿叶。

世间多少无理的情缘就那样被消磨了，到最后，来到你身边的那个人，未必是合适的。珍惜当下所拥有的，放下必然失去的，是对缘分最好的尊重。

女子美好的容颜，当是由内而外散发出的优雅和气度。都说女为悦己者容，只是倘若遇不见那个令你倾心的人，亦当爱珍贵的自己。一个洁净的女子，需轻妆淡抹，略施粉黛，素雅清丽，又不失妩媚风流。

女子的眉眼，最得神韵。画眉自先秦时已有，汉魏六朝时期，以黛画眉已成风尚。汉代刘熙所著《释名》中说："黛，代也，灭眉毛去之，以此画代其处也。"画眉文笔，式样繁多，有鸳鸯眉、小山眉、五岳眉、三峰眉、垂珠眉、月梭眉、分梢眉、涵烟眉、拂云眉等。

初读宋人欧阳修之句："走来窗下笑相扶。爱道画眉深浅，入时无。"瞬间触动了内心深处的柔软，万般情深，浮现眼前。后再读唐人朱庆馀之句："妆罢低声问夫婿，画眉深浅入时无？"更觉温软多情，不甚娇羞。

菱花镜前，红颜清好，立于她身后的是那玉树临风的翩翩郎君。她点黛轻描，似细柳弯月，秀丽天然，温婉可人。他细细端详，眼含秋波，深情相待，赞不绝口。这是一对新人，昨夜洞房花烛，不尽温柔缱绻，晨起梳妆，郎情妾意，你恩我爱。

旧时民间，男婚女嫁皆凭父母之命，媒妁之言，真心相爱、誓愿白头的，又有几多？但许多夫妻，虽无多少浓情蜜意，依旧在寻常日子里相敬如宾。她为他洗手做羹汤，红袖添香，他为她镜前描眉，窗下添衣。

也许，平淡的爱情恰是这样简单的相依，不生死与共，却同修同住，甘苦相随。

那时年华正好，心意如夏日初开的那朵莲，不染纤尘。愿寻得一个清澈温和的男子，我做他宛若梅花的妻，为之平凡生养，日子美好平稳。无须他盟誓，只需一生为我画眉。种种念想，如那秋风恨水，一去不复回返。而今，青春尽失，拥有的只是几段残缺的回忆，以及只有在梦里才能偶尔遇见的温柔。

人生有悔恨，有遗憾，有填不满的空虚，有弥补不了的伤害。我曾说，至美的爱情当如玉石，温润坚定，一生不改其质，不失其情。很幸运，我得到过想要的那种感觉，亦受过千恩万宠。很不幸，所有的恩情被匆匆的光阴湮没，而结局亦被修改，一梦沧海，我们都有回不去的曾经。

后来才知道，朱庆馀写的这首《近试上张水部》是在应进士科举前所作的呈献给张籍的行卷诗。他以新妇自比，新郎比张籍，又以公婆比主考官，借此征求张籍的意见。唐时应进士科举的士子，有向名人行卷的风气。朱庆馀此诗投赠的对象便是官水部郎中张籍。

据说，朱庆馀所投赠的诗得到了张籍明确的肯定，特酬诗以赠，“越女新妆出镜心，自知明艳更沉吟。齐纨未足时人贵，一曲菱歌敌万金”。张籍以采菱姑娘比喻朱庆馀，赞其容颜娇美，歌喉清亮，定会受人喜爱，故暗示他不必为考试忧心。

无论朱庆馀之后是否高中，人生遇此伯乐，当是足矣。古往今来，多少雅士、风流才子不遇明主，无人赏识，潦倒终生。士为知己者死，世间许多缘分，刻骨惊心，胜过男欢女爱。他真诚赠诗，知心相待，此番情意，好似那多情郎君，为其所爱的女子镜前描眉，深情款款。

他则像那新妇，昨夜红烛高照，次日清晨要拜见翁姑。故早起梳妆，好去堂前行礼，点黛画眉，又不知深浅，不禁低声细问：画眉深浅入时无？这一声低问，内敛娇羞，动人心肠。正是这一声低问，将新妇婉转的内心刻画入微。诗人将能否顺利踏上仕途的忧心与新妇初见翁姑之情态相喻，巧妙新颖，耐人寻味。

朱庆馀的诗清新细致，描写精巧，颇具风味。宋人刘克庄在《后村诗话后集》中评点道：“张洎序项斯诗云：‘元和中，张水部为律格，字清意远，惟朱庆馀一人亲受其旨。沿流而下，则有任藩、陈标、章孝标、司空图等，咸及门焉。’”

而张籍的酬答又是那般妙趣天然，可谓珠联璧合，成为千古佳谈。无论是盛世还是乱世，都不缺才人高士，漫漫人生，能与之投缘的人，少之又少。你用尽所有的时光，去争名夺利，然成败得失，只在一瞬。

尘缘亦是如此，多少才子佳人，曾经誓同生死，相约白首，后来转身相负，误人伤己。像孟光、梁鸿这样举案齐眉，平淡静守的，唯百姓人家可见。书卷里、戏文中的美好爱情，多为悲剧，不得圆满。也是，人生素净为大美，情爱也该如佳人新描的眉，浓淡相宜，不暖不凉。

人不如故，糟糠不可轻弃。女子资丽佳颜，就那么短短十余载光阴，纵有倾城之色，终会黯淡老去。而情如窖酿，值得深藏，时间愈久，味愈醇厚，经久耐品。但有时，放手是一种成全，依顺命运，是为了解脱灵魂，宽容别人，亦是善待自己。

若说，何谓幸运，就是此生爱上一个等候已久的人，并且彻底拥有彼此，不离不弃。愿意一生为他妆饰，直到暮颜白发，仍低语相问：画眉深浅入时无？

还君明珠，恨不相逢未嫁时

《节妇吟》　张籍

君知妾有夫，赠妾双明珠。
感君缠绵意，系在红罗襦。
妾家高楼连苑起，良人执戟明光里。
知君用心如日月，事夫誓拟同生死。
还君明珠双泪垂，恨不相逢未嫁时。

李商隐有诗："此情可待成追忆，只是当时已惘然。"以往读之，总有深深的怅惘，年少时有多少漫不经心的错过，留待以后无尽的追忆。如今再读，竟已释然，往昔之情，或流逝，或擦肩，皆已是过去。就算换一次重来，依旧会有难以捡拾的遗憾，不可平复的心情。

后来民国才女张爱玲写过："我以为爱情可以填满人生的遗憾，然而，制造更多遗憾的，却偏偏是爱情。阴晴圆缺，在一段爱情中不断重演。换一个人，都不会天色常蓝。”既是注定的遗憾，又何必彷徨在过去的路径，做着无用的反思和追悔。

人和人相逢，人与物相通，皆需机缘。有些来得太早，有些来得太迟，在恰好的时间里，遇见合适的人，是多幸运！人世许多相识相知，虽有缘，却无分。就像一场美丽的花事，尚未好好绽放，便已匆匆落幕。世间最无理，最空幻的是情缘，最不可抗拒，难以放下的还是情缘。

有人说，美好的爱情只要遇见，永远不会太迟。也许红尘太累，无须更多约束，自可随性洒逸，爱想爱之人，做想做之事。至于是缘是劫，又或是遭遇怎样的因果，应该无惧亦无悔。但人活着终有使命，有责任，有太多割舍不下的包袱和执念。你今日的抉择便可预见明天的结局，对与错皆自己承担。

如果说，错过是一种美丽，那么放下也是一种慈悲。但所有的际遇都有一个繁复的过程，有一天当你遇见久未谋面的故人，或者前所未有的感动，要做到不怨不伤，拒之无悔，当是不易。每个人的内心都长着一棵树，其间的花开花谢，唯有缘有情人可见。

年少时也曾邂逅过美丽懵懂的情感，于唐诗里读到：“还君明珠双泪垂，恨不相逢未嫁时。”多么随意又深刻的两句诗，却不知所吟之人内心已是百转千回。一切只因相逢太迟，太迟。然而每个人终其一生，都在邂逅不同的缘分，看似无意，却始终在追寻那个合适的人。

当有一天遇见那个魂牵梦萦，欢喜不尽的人，你甚至想要擦去过往所有的故事，不留痕迹。只愿回到最初清白的自己，与之在红尘陌上相爱相守。忘记曾许过的海誓山盟，忘记朝暮相处时的一颦一笑，忘记你曾是别人的夫，别人的妻。而有一天你又会为某段相逢而情难自已，受之有愧，拒之不忍。

后来才知道，“恨不相逢未嫁时”是唐人张籍一首自创的乐府诗，题为《节妇吟寄东平李司空师道》。诗的表意是描写一位闺中妇人拒绝一个多情男子的追求，虽有心动感思，但最后仍安守妇道，忠于盟约，忠于丈夫。实际上此诗暗喻了诗人忠于朝廷，不被藩镇高官李师道拉拢、收买的决心。

词浅意深，似淡又浓，将其内心委婉情思、轻轻惆怅细腻又曲折地表达出来。若为人妇，她自是冰清贞洁，对多情男子的爱慕之情心有感动，甚至忍不住将其赠予的明珠系在红罗裙上。但转而又说“妾家高楼连苑起，良人执戟明光里”，他们夫妇亦属富贵之家，其良人更是执戟明光殿的卫士。

尽管，她知他深情厚谊，明如日月，却仍旧心比金坚，与丈夫誓同生死。虽如此，她却不忍过于冷漠，拒人于千里之外，而是含泪情深地还君明珠，再怅叹一声，恨不相逢未嫁时。只是，她既与丈夫生死相许，可见其夫妻恩爱情浓，又怎会轻易受外界侵扰，而动摇芳心？

想来，她心中对多情男子亦是有心，不然何以收下明珠，系在红罗裙上。百思过后，方归还明珠，谢绝情意，信守妇道。但她柔肠婉转，淡然遗憾，遮掩不住其内心深处对爱情的渴望。但她终究守住初心，抗拒他无理的表白，不曾做出后悔莫及之事。倘若她听信自己的情感，难耐寂寞，那深阁之中或许又会生出莫名的事端，不可挽回的错误。

若真相逢在未嫁之时，彼此相伴相惜，也未必就是良缘。若与夫朝暮相守，镜前偎依，又何来有恨？她收下明珠，既是不忍将之伤害，也是心有感动。她还君明珠，则是心存愧疚，斩断情缘。人世有太多的礼教禁忌，又怎可轻易跨越背叛？纵算有悔意，有不定，亦不可糊涂，误人伤己。

汉代有诗《陌上桑》：“使君自有妇，罗敷自有夫。”《陌上桑》妙在直白，此诗妙在婉转，余韵缭绕。诗人用含蓄的词句，既描述节妇的忠心，又表达其坚定的政治立场。李师道是当时藩镇之一的淄青节度使，张籍不想得罪于他，故写下这首巧妙的乐府诗，婉言回拒。

《围炉诗话》评点：“张籍辞李师道辟命诗，若无‘感君缠绵意，系在红罗襦’二语，即径直无情。朱子讥之，是讲道理，非说诗也。”君子坦荡，不依附，不媚俗，对高官厚禄可视作烟云。后来，因他诗作情真意切，李师道亦深受感动，故消除念想，不再强求。

世间男女两情相悦，如明月清风，千般欢喜，万般自在。若有情人皆可成眷属，不错过，不辜负，又何须牵愁惹恨，悱恻哀婉？彼此长相厮守，一个在堂前吃酒，一个于厨下煮茶；一个伏案书写，一个镜前描眉。

彼此交付了所有的真心，又何来空落，需要别人去填满？

也许每个人心底都藏有一段或几段不可诉说的情缘。或勇敢，或懦弱，或得到，或失去，最后都输给了自己，输给了时光。我不轻易用情，却仍有悔恨，我的世界，是爱恨情怨，样样都有，千缠百绕，又可以随时放下。

过去许多年，有人来过又走了，好似晴天落白雨，干净彻底。也曾有过遗憾，有过伤痕，终不觉可惜，更不会沉陷，毁灭自己。若从前，我有过还君明珠双泪垂，恨不相逢未嫁时的委婉情肠，如今，则是陌上桑里的罗敷女，既无心意，也不肯用情。

当下，是无离愁，无别恨，不相遇，不相知。你有你的河山，我有我的江湖。

甚荒唐，为他人作嫁衣裳

《贫女》　秦韬玉

蓬门未识绮罗香，拟托良媒益自伤。
谁爱风流高格调，共怜时世俭梳妆。
敢将十指夸针巧，不把双眉斗画长。
苦恨年年压金线，为他人作嫁衣裳。

近来，总能看到一句话："哪有什么现世安稳，不过是有人在为你负重前行。"是的，每天都有人在某个喧闹角落为你负重前行，方有了当下的安稳，当下的宁静。只是，谁是那个清守安稳的人，谁又是那个负重前行的人呢？人生除了付出，莫非就是收获？你所付出的，未必会有等同的收获，但收获了，就必然有付出。

每个人来到凡尘，都有自身的使命，有宿债未了，前缘未消，好梦未圆。人本无贵贱之分，时间久了，便有了距离，有了区别，你在小墙深院里，他是千舟已过万重山。人生一世，抉择在于自己，有人小富即安，守着当下，不计荣辱得失。有人怀鸿鹄之志，有高过云天的抱负和梦想，他所经历的，必是山高水长，风云变幻。

人的出身不由自主，你或生于侯门高户，或是贫民之家，但此后的行途，则归于自己。你此刻的负重，也是为了将来的安逸，而你今日的淡然，是由过往奔忙所换取。有人孤高傲世，不落俗流，和明月清风做了一世知己。有人低落尘埃，在尘埃里开出花朵，笑看人世。

她是贫女，生于寻常村落，柴门陋户，自幼着素衣布裳，食粗茶淡饭，不沾绫罗锦缎，不见玉粒金莼。她纯洁朴实，天真烂漫，前院后屋栽种着山花野草，墙角一侧也有藤萝扎的秋千架。屋舍简陋，没有华贵的装饰，却也洁净无尘，一清二白。

“蓬门未识绮罗香，拟托良媒益自伤。”若无世事相扰，守着清贫岁序，也可淡然处之。但因贫穷，她早已是待嫁之年，却迟迟不见媒人前来说媒。想要抛开女儿家的羞怯矜持，托个好媒人，嫁个好夫婿，终难启齿。每念及此，内心莫名感伤，她不想攀附权贵，只盼着寻个良人，过朴实无华的日子。

“谁爱风流高格调，共怜时世俭梳妆。”她虽没有出身侯门绣户，却也生得清丽脱俗，姿态娴雅，品行高洁，心性纯净。然而，这个俗世重富贵轻贫贱，重家境不重品性，纵她面若秋月，妆容朴素，又有谁会怜惜一个贫女的容颜，赏识她的高尚情操？

虽无华服衬托，无珠玉装饰，但她着素裙，食落英，风流不减。她是贫女，却格调高雅，不落俗流。她自知良媒可托，只是佳偶终难觅。这偏僻的村落，多为凡夫俗子，有几人能懂她内心的美好？莫说是宋玉那般风流俊逸的美男，就连个知晓冷暖的村夫也难遇见。

“敢将十指夸针巧，不把双眉斗画长。”她敢于在人前夸赞自己有一双善绣的巧手，她绣的山，逶迤起伏，她绣的水，波光粼粼。她绣的并蒂常开，鸳鸯结伴，奈何她孤身无依，世无知音。她不涂抹胭脂，两叶弯眉无须描摹，自是纤细秀美，她不屑迎合俗流，与人争妍斗丽。

“苦恨年年压金线，为他人作嫁衣裳。”她虽心性淡然，却也有怨恨，年年岁岁缝制华服，日夜不息，却也只是为别人织作出嫁的衣裳。自己的亲事，自己的嫁衣，又有谁来准备？任她巧夺天工，貌美灵秀，好时光也只是蹉跎。

贫女在她简陋的绣楼里自伤自叹，自怜亦自傲，令人叹息。清人俞陛云指出：“此篇语语皆贫女自伤，而实为贫士不遇者，写牢愁抑塞之怀。”也是，良媒不问的蓬门之女，不就是那些出身清贫、举荐无人的寒士吗？她的风流灵巧，高洁心性，亦是天下寒士孤高超脱的情怀。

“谁爱风流高格调”，“为他人作嫁衣裳”。多少文人高士，怀才不遇，奔走献策，终其一生困顿潦倒。他们内心醒透，不入世流，遭排挤冷落，纵入官场，多是屈居人下，难以施展平生志向。庸碌一生，也只是为他人作嫁衣。此诗是写给天下贫女，也是写给寒士，亦为作者的自喻。

无论是贫女，或是寒士，都有一颗朴素珍贵的心。世情冷暖，风尘渺渺，所谓的知音人，一半是自身求得，一半则是听信天命。有多少贫女，守着她的柴门，一生穿针引线，嫁个凡夫，年年岁岁将人间芳菲看尽。又有多少寒士，于小窗下，捧读诗书，虽不为世所赏，但胸藏万千锦绣，怡然自得。

当年李清照，可谓是如愿以偿，嫁与赵明诚，过了一段赌书泼茶的浪漫时光。但幸福并不久长，后金兵入据中原，赵明诚死，她流寓南方，境遇孤苦，再不见当年清雅调皮的词作。人生路上，她遭遇了太多变故，逃亡辗转，转嫁给一位不解风情的男人，终误此生。

与之齐名的才女朱淑真，自幼冰雪聪慧，博通经史，能文善画，精晓音律，尤工诗词。后听从父母之命，嫁与一个俗吏，志趣不合，婚后终日郁郁寡欢。“鸥鹭鸳鸯作一池，须知羽翼不相宜。东君不与花为主，何以休生连理枝。”

她轻抚弦音，他自是不解；她写诗填词，他亦不通。简短无趣的岁月里，她写下《断肠集》。与之做伴的，是庭园草木，是翰墨书香。内心的寥落与孤独，填之不尽，诸多不如意，令她郁闷而终。她非贫女，所嫁者不是心仪钦慕的良人，亦是奈何。

你今日的种种修行，将会是来日的福报。做自己所能做的事，爱自己所能爱的人，喝自己杯盏中的茶。纵是久居蓬门，不为人所知，年年压针线，为他人作嫁衣，又有何妨？俗世的绫罗绸缎，终抵不过诗风词韵，输给了柴米油盐。

这世间，有人为寻俭朴淡泊，远僻繁华，抛下富贵，做个凡夫贫女，男耕女织，安享简单的幸福。今时的我，该有了久在深山人不识的勇气，做一个优雅诗性的女子，和一个朴素简净的贫女，没有区别。

一切都并非静止，一切都可以改变，人生半梦半醒，半真半假，方可从容稳妥。你在为别人负重前行，别人亦在为你苦作嫁衣，人间多少流离悲伤，亦是一种庄严。千般风光，唯俭约至美，浩荡山河，贫者居安。

一卷·大唐的风华

图书在版编目（CIP）数据

一卷大唐的风华 / 白落梅著 . —长沙：湖南文艺出版社，2017.12
ISBN 978-7-5404-8361-6

Ⅰ . ①一… Ⅱ . ①白… Ⅲ . ①唐诗—诗歌欣赏 Ⅳ . ① I207.227.42

中国版本图书馆 CIP 数据核字（2017）第 260600 号

上架建议：畅销书 · 文学

YI JUAN DATANG DE FENGHUA
一卷大唐的风华

作　　者：白落梅
出 版 人：曾赛丰
责任编辑：薛　健　刘诗哲
监　　制：于向勇　秦　青
策划编辑：刘　毅
特约编辑：王槐鑫
营销编辑：刘晓晨　罗　昕　刘　迪
封面设计：末末美书
版式设计：潘雪琴
封面插图：呼葱觅蒜
内文插图：樂　兮
出版发行：湖南文艺出版社
（长沙市雨花区东二环一段 508 号　邮编：410014）
网　　址：www.hnwy.net
印　　刷：三河市中晟雅豪印务有限公司
经　　销：新华书店
开　　本：875mm × 1270mm　1/32
字　　数：200 千字
印　　张：7.5
版　　次：2017 年 12 月第 1 版
印　　次：2017 年 12 月第 1 次印刷
书　　号：ISBN 978-7-5404-8361-6
定　　价：38.00 元

质量监督电话：010-59096394
团购电话：010-59320018